KB215469

마지막 유성

dot. 18

강현

마지막 유성

아작

toc.

프롤로그

"잠시 후 터널을 통과하오니 승객의 건강을 위해 열린 창문을 닫아주세요."

남산 1호 터널에 진입하고 잠깐 뻑뻑한 눈을 감았다가 다시 눈을 떴을 때도 여전히 터널을 버스로 통과하고 있다 보면, 문득 두 번째와 세 번째로 눈을 감았다 떠도 이 터널이 계속되지 않을까 상상한다. 세상의 둘레를 쭉 이어서 다시 입구로 이어져 끝나지 않는 터널.

창문을 닫으면 터널 안의 공기는 여름 장마의 축축함인지, 봄의 꽃가루가 보송보송하게 날리는지 승

객은 알 길이 없다. 고개를 들어 정면을 보면 앞서 달리는 차들 두어 대가 보인다. 버스의 큰 창에 머리를 기대 터널 벽을 비스듬히 올려다보는 걸 수백 번은 해봐서 이제는 회사 책상에 앉아 있거나 편의점에서 캔맥주를 사다가도 떠올릴 수 있다. 어둠이 있고, 조명이 있고, 때가 탄 세로 타일이 있고, 어둠이 있고, 조명이 있고, 때가 탄 세로 타일이 있고. 저것들은 원래 유백색의 타일이었을까? 버스의 조명을 받아 붉은색이나 초록 이끼와 누르스름한 색으로 반짝이지 않고 태양 앞에서 빛난다면 말이다.

끝을 보기 어려운 긴 터널의 늘 같은 조명 속에서 아침과 저녁의 경계는 흐리다. 어제와 오늘도. 작년과 내년의 기억도 끝이 뭉개져 마구 뒤섞이기 시작한다. 정확한 간격으로 붙은 1.5킬로미터의 타일은 몰개성하게 얼룩져 있어서 가끔 이 터널을 지나는 내 인생이 15년 혹은 150년이 지나도 똑같을 거라는 기분이 들면 견딜 수 없어지곤 한다.

집에 와서 현관문에 잠깐 멈춰 서 있었다. 현관에서 30초가 지나 자동 센서의 불이 꺼지자 집은 다시 어둠 속에 잠겼다. 내가 거실을 보고 있는 게 아니라 현관문을 보고 있었다면 나는 순간 이게 출근길이라고 생각했을까? 입었던 방식으로 옷을 벗고, 아침에 이를 닦았던 방식으로 저녁에 이를 닦는다. 침대에서 돌아누우면 왼 어깨의 둥근 모서리가 지긋이 눌리는 감촉과 무게마저 익숙해서 지겨울 때가 있다. 그것을 벗어나려고 몸을 다시 정면으로 누웠다 다시 반대로 돌아누울 때도. 엎드려보았다가 다시 일어날 때도 익숙함을 벗어날 순 없다.

익숙함은 머릿속에 선물상자를 산더미 같이 쌓아 놓고 하나씩 풀었을 때 모두 같은 사무실 볼펜 하나만 들어 있는 것과 비슷했다. 다른 것이 있을 거라고, 이번 박스는 다른 것이라고 이미 실망 속의 고집처럼 기대를 했을 때 나에게 다시 돌아오는 건 실망뿐이다. 이미 저 모든 박스에서 다 실망했던 것처럼, 앞으로 남은 저 많은 박스에도 나는 그저 실망할 일만 남았는데도 계속해서 리본을 풀고 박스를 열어야 한다는 감정. 그것은 감정이 아니었다. 그냥 감정을 비워내고 나면 그 빈 자리라는 것을 표시할 무언가가 있어야 하잖아.

9

ø.

이건 ø였다.

결국 이불 속에서 뒤척이다 반쯤 몸을 세워 일어
났다. 침대 시트 아래의 충전 패드가 다시 들어오라
고 반짝였다. 깜빡이는 불빛을 멍하니 보면서 새벽
시계의 초침 소리를 들었다. SNS 피드를 무한히 내
리고, 내리다가 1분 전에 새 게시물을 올린 친구에게
연락을 보냈다.

나 명아, 일해? [02:34]

박명 노는 거야. 안 자니? 3시다. [02:36]

나 코드 짜는 게 노는 거면 안 돼…. 난 그냥 잠이
안 오네. [02:37]

박명 또? [02:37]

나 ? ㅋㅋㅋ 내가 맨날 밤을 새우지는 않아. [02:39]

박명은 또, 라고 보낸 말을 얼른 지웠다. 그리고
내 마지막 말에 대한 반응으로 하트를 보내왔다. 나
는 박명이 하던 일로 바빠서 하트를 보낸 것이 대화
의 마무리라고 생각했지만, 박명은 뒤이어 내 안부를

물으며 간만에 친구들끼리 모여서 술이라도 하지 않겠느냐고 했다.

나 너는 술 싫어하지 않았나? [02:58]

그렇게 보내자 박명으로부터 짐짓 콧방귀를 뀌는 이모티콘이 돌아왔다.

박명 술 좋아해. 마시자. 안 그래도 두 번째 간 이식한 지 한 달 지났다. [03:00]

박명 서광이랑, 백야도 부르고 상현이도 부르고. 주말에 만나자. [03:00]

박명 서광이네 사춘기 딸도 보고. [03:00]

박명 이모 삼촌들이 바다 용돈도 주고. [03:01]

박명 바다가 사춘기라서 싫다고 하면 어쩔 수 없고. [03:01]

나 넌 정말 생각이 많아…. [03:02]

박명 그래서 나랑 친구 했죠? [03:02]

나 네. [03:02]

시답지 않은 말끝에 박명이 잡은 약속을 나는 끌려가듯 수락했다. 약속을 잡고 연락이 끝난 핸드폰 화면을 끄자, 세상은 다시 어둠 속에 잠겼다. 얼굴에 쏟아지던 창백한 불빛이 사라지자, 침대 위의 나 자신도 초라하게 오그라든 것처럼 느껴졌다.

술을 먹으면. 또 너희와 먹으면 괜찮겠지. 취기에 붉어진 얼굴로 시기에 맞춰 추가된 불행과 역경에 대해서 토로하고, 더 이상 공통점이 없어 과거의 몇 사건들을 반복적으로 회고하는 행동을 반복하는 동안에는 괜찮겠지. 소음이 허무를 감지하는 모든 센서를 가려줄 것이라 기대하는 동시에 모임이 파하면 다시 소음들은 틈새 사이로 사라지고 지금처럼 공허가 너울처럼 밀려올 것을 이미 잘 알고 있으면서도.

은행잎이 발 밑에서 바스락댔다. 주말까지 오는데 일분일초가 길었다. 일요일 저녁에 혜화동에서 친구들과 모이기로 했다. 더 이상 우리 중 연극배우나 밴드 멤버는 아무도 없는데도. 긴 회색 코트가 잘 어울리는 껑다리 여성이 멀리 마로니에 공원 끄트머리에서부터 걸어오는 것이 보였다. 뒤로 패딩 주머니에 손을 넣고 성큼성큼 오자 다리로 걸어오는 곰 같은 덩치의 남자도 보였다. 명이와 상현이었다. 상현이 명이만큼 마른 꺽다리에 굵직한 바리톤으로 톤 하나 안 바꾸며 여자 대사를 대신 맡아주곤 했던 게 엊그제 같은데. 이제는 곰 같은 아저씨가 다 됐다. 상현은 유성아, 밥 뭐 먹냐. 로 인사를 대신했고, 박명은 그보단 사회생활을 잘했다.

"유성아, 모자 잘 어울리는 거 샀네. 귀엽다."

1년 전에 산 거지만, 나는 어깨를 으쓱하면서 박명과 상현에게 정수리를 앞으로 내밀며 모자 자랑을 했다.

"멋지고 싶어서 산 건데."

"멋져요."

상현이 모자를 빼앗아 가서 자기 머리 위에 얹었다.

"그거 늘어나는 모자 아니야."

"아냐 늘어날 것 같은데. 잘하면."

혹시 사람은 나이 들면 머리둘레도 크는지 시비를 거는 동안 마지막 사람이 뒤늦게 합류를 했다. 서광이었다. 짧은 머리를 쓸어올리며 나지 않는 땀을

닭은 서광은 지각에 본인이 더 짜증 난 듯했다.

"안드로이드 전용 칸 타고 다니라고 해서 2등 시민 되고 왔다. 예레미야 50장 1절에서 46절 할 것들."

"뭔 말이야, 그 칸 없어진 지가 언제인데 지금 찾아."

박명과 상현이 우리 눈치를 봤다. 서광은 열이 받는지 마른세수를 했다가 바닥에 뭘 찰 것이 없는지 서성거렸다.

"어떤 치와와 같은 놈이 자기 앉을 자리 없다고 시비 털어서 잠깐 지하철 문 앞에서 실랑이하는데, 아니 진짜 내가 싸우진 않았거든. 점잖았단 말이야. 역무원이 문 닫는 거 지체시키지 말라고 해서 나왔지 뭐."

"그 시비 턴 인간은."

"앉아서 갔겠지 뭐. 몰라. 아, 열 받네."

"야야, 서광아, 열 받지 말고. 열 받지 말고."

"뭐, 야. 그럼 유성아 넌 오는 길에 괜찮았고?"

나는 기운 빠진 한숨을 내쉬었다. 그러니까 사람 없는 노선으로 타라니까.

"얘들아. 밥 먹으러 가자. 지겹다. 이것도."

"자기는 비명횡사 안 할 줄 아나 보지. 웃긴 놈들이야."

"상현아."

"물론 나도 그 자기들 중 하나지. 그래 갑시다. 저녁밥."

세월이 꽤 많이 흘렀고, 우리는 연기 선생님이 혹독하게 가르친 자세 하나 정도만 몸에 익었지, 그냥 세상천지의 흩어진 조연배우가 되어 있었다. 무대는 상현이가 올라가는 발표 무대도 무대라고 할 수 있으면 말이다. 서광은 딸을 데려오지 않았고, 백야는 답장이 끝끝내 없었다.

"백야가 안 오네."

"걔 문자 읽은 것 같지도 않더라. 들어가자."

"혹시나. 5분만 더 기다려보자. 서광이도 늦었는데."

"명이 추워한다. 들어가자."

"…그래 그럼. 백야가 전화 너희 것도 안 받지?"

"어."

서광이 오기 전부터, 이미 얇은 코트를 입어서 추워하고 있던 박명을 앞세워 칼국수 집으로 들어갔다. 배를 채우고 소화가 될 때까지 아르코 미술관 앞의 마로니에 공원을 대학 동아리 동기 넷이서 천천히 빙글빙글 돌았다. 하는 일이라고는 크게 없이 시간을 지근지근 밟아 죽였다. 낙엽이 거의 떨어진 은행나무들 사이에서 나와 친구 셋은 느릿느릿 코트와 바람막이, 일찍 꺼낸 패딩을 입은 채 어둠이 완전히 내리길 기다렸다. 공원을 채운 붉은 벽돌은 노을 속에서 새까만 그림자 같았다. 크리스마스트리는 한 달 일찍 공터를 장식했다. 금방 귀 끝이 찬바람에 먹먹하게 아리기에 어디 카페에나 들어가자고 했다. 대로 건너 골목을 조금만 들어가면 있는 찻집 구석에서 오랜 친구들과 차를 마시다 나는 문득 입을 뗐다.

"저번 주에 차 사러 갔다가 쌍욕을 들었어."

"뭐?"

"애미 애비도 없는 게. 서류 가져와 봤자 쓸 수도 없는데 자꾸 모아오지 말라고."

거기서 더 비참한 건 '그러게, 난 왜 엄마 아빠가 이렇게 일찍 정말로 죽어버렸지. 나는 못 죽게 하고서.' 생각하는 나였다. 나도 죽고 엄마도 아빠도 다 죽은 거면 모두가 행복할 텐데. 지랄 맞은 세상에 나는 죽은 것도 산 것도 아니게 해놓고 자기들은 덜컥 그림자도 남기지 않고 죽어버려서.

"…자동차 판매 거절했다는 기사 언론에 나가면

16

자기 판매점만 차별한다 뭐 한다 이미지 나빠지는데, 먹지도 못하는 커피도 타줬더니 쌍년이 눈치가 없대.”

박명은 화를 냈고, 상현이는 팔짱을 끼고 인상을 찌푸렸다. 서광은 잠깐 멈춰버렸다. 욕이 많은 구약 어느 구절을 생각하고 있을 것이다. 서광이 이십 대에는 화와 욕을 달고 살았는데. 이제는 ‘예레미야서 50장 15절’ 이럴 수밖에 없는 녀석. 불쌍한 자식.

“대리인 끼고 고소할래, 아니면 언론에 보도할래?”

상현이는 항상 일을 크게 만들었고, 나는 고개를 저었다.

“나 커피 마실 수 있다, 상현아.”

내 앞에 있는 반쯤 마신 아메리카노 잔을 내려다보면서 나는 우울하게 다시 말했다.

“나 커피 마실 수 있는데.”

내가 향을 맡고, 뜨거운 걸 느끼고, 쌉싸름하고 신맛을 느끼고, 천천히 이게 무슨 과일이랑 닮았을까 하는 모든 순간이, 그런데 그게 마시는 게 아니래. 내가 그 사람들을 언제까지 설득해야 하니. 이 설득이 끝나긴 할까 싶다.

“유성아. 법정 대리인을 세우면 가능하잖아. 나도

도와줄 수 있어. 다음번에 같이 가자. 녹음도 켜놓고."

"나는 고작 차량 면허 취득을 하려고 누군가와 결혼할 생각이 없어. 그것도 너희 이름 팔아서 결혼하는 건 더 싫고. 내가 어디 팔려 가?"

"그래, 박명. 이 이야기는 이미 유성이 많이 했다. 우리보다 덜 했을 애 아니야."

"그래. 내가 이야기 왜 했나 싶다. 그냥. 서광이 저러는 거 보니까 짜증이 나서 그래. 신경 쓰지 마. 지난 일이야."

애들은 더 이상 내 말을 듣기보다 자기들끼리 대화하고 있었다. 얼굴을 벅벅 쓸어내렸다. 아 죽고 싶다.

설탕으로 만든 과자가 깨진 것처럼 침묵이 찾아왔다. 내가 아까 그 말을 입 밖으로 냈나? 차르르- 탁. 말이 없던 서광의 각막 앞이 이지러졌다. 서광의 눈 속에서 무언가가 녹화되었다가 재생되고 있었다. 나는 헛기침을 하면서 반쯤 테이블에서 일어났다.

"헛소리였어. 디저트나 더 가져오자."

겨울 숲에서 갈까마귀를 쫓아내듯이 이야기를 휘이휘이 물렸다.

집에 돌아와 침대에 누워 옆으로 돌아누웠다. 어느 어깨를 접어 침대에 눕든 닳을 정도로 익숙한 감각이다. 눈을 감는다. 내일은 다시 옷장의 어떤 옷을 입고 터널을 통과한다. 아니, 터널을 지나긴 했던가? 나는 여전히 그 터널에 있는 게 아닌가. 말은 실수지만 생각은 실수가 아니었다. 죽고 싶었다.

그러나 살기보다 죽기가 어려운 시절이었다.

1

제1의 친구, 박명(薄明)

    친구들과 만난 지 일주일 후였다. 자살하자고 퇴사하지는 않았다. 일단 인수인계를 해야 하고, 신규 인력을 옆 팀에서 충원하거나 새로 뽑으려면 일단 내 JD(Job Description)를 업데이트해야 하고, 프로젝트 시작하고 끝나는 기간도 생각해야 하고, 팀장이 사라진 팀원들 사기도 생각해야 한다. 자살은 수단만 잘 찾아낸다면 할 일이 별로 없지만 퇴사는 복잡한 일임이 틀림없다.

    서울 시내 모든 차선이란 게 있는 도로는 퇴근 시간 무렵이면 항상 차로 가득하니, 나는 버스를 타기

로 한 죄로 창문에 머리를 박고 있었다. 그나마 앉아 갈 수 있으니 행운인 줄 알아라 스스로에게 핀잔을 주었다. 옆자리 대학생은 폰 화면을 영원 스크롤 했다. 더 재밌는 것이 나올 때까지 카지노에서 파칭코 레버를 당기는 사람처럼 위로, 위로, 위로 당겨.

나도 여느 스마트폰 중독 세대처럼 화면을 봤다가, 배경 화면 시간만 보고 껐다가, 알람이 오자 다시 열었다. 작은 포춘 쿠키가 화면에 떴다. 밋밋한 화면을 쓸어서 화면 속 포춘 쿠키를 열었다. 진동이 두 번 떴다.

매력이 넘치는 오늘, 주위에서 주목할 수 있습니다.
친하게 지낸 사람에게 의외의 선물을 받을지도?
다만 전 애인, 직장 상사 등 구설수가 많은 만남이 있을 수도 있으니
늘상 가던 길도 다시 보기! 전방을 주시하세요!

오늘의 행운: 이번 정류장에 내리세요.
금전운 ★★★★★
연애운 ★

학업운 ★★★

건강운 ★★★★★

— 롤리

퇴근 시간에 오늘의 포춘 쿠키를 줘서 뭐 할 건데. 금전운 별 다섯은 무슨. 내 주식은 하한가를 치고 있는데. 아. 이놈의 알림 설정. 앱을 삭제하든지 끄든지 해야지. 롤리(rolly)는 내 친구 회사에서 만든 애플리케이션이다. 테스트 차 깔아달라고 한 지 몇 년이 지나도록 삭제의 귀찮음을 우정으로 포장해준 덕에 삭제하지 않고 내 인생과 업데이트를 함께했다. 엉터리 점술처럼 보이는 게 포인트인 빅데이터 활동 예측 및 모임 애플리케이션. 엉터리 점술과 다른 점은 진짜 통한다는…. 불현듯 이마에 주름이 생겼다. 짧은 탄성.

"잠시만요, 저 내려요!"

빨간 멈춤 버튼을 누르고 겨우겨우 버스에서 내렸다. 롤리 포춘쿠키 오늘의 연애운 최악. 그 이야기는 무슨 뜻이냐? 내리지 않는다면 집에 가다가 전 남친을 만날 뻔했다는 뜻이다.

"박명이 도움이 되기는 되는구나."

롤리 엔지니어 박명. 사적으로 누군가에게 박명을 소개할 말을 찾자면 침착하게 이상한 애. 속을 알 길 없지만 뜻은 아주 다정한 애. 소개팅 앱이 한창 유행할 때 죽어도 자연스러운 만남을 추구하던 박명이 갑자기 소개팅 앱을 만드는 회사에 들어간 대서 다들 눈을 똥그랗게 뜨고 자본이 무섭다고 했다. 자본이 무섭기는. 무서운 건 박명이었다. 자연스러운 만남을 추구하는 소개팅 알고리즘을 만드는 일을 했거든. 누굴 만날지, 그냥 운명의 자연스러운 이끌림에 의해 두 사람이 어느 날 분위기 좋은 바에서, 고양이가 낮잠을 자는 카페에서, 비 내리는 날 버스정류장에서 만날 수 있도록.

정류장에 내리니 빌딩풍에 살이 에이는 것 같았다. 칼날처럼 꽂힌 바람이 목도리 사이사이 어딘가로 스며들어 갔다. 발목까지 오는 긴 패딩도 발목이 냉동 참치가 되어가는 걸 막을 수 없었다. 가방 어딘가를 막 뒤지니 삼단 우산이 나왔다. 눈보라를 우산으로 다 못 막아도 좋았다. 눈을 뜨질 못하니 얼굴이라도 막자.

"으 추워. 으 추. 추워."

정류장 근처에는 건널목이 있는 게 세상의 법칙이다. 아니면 육교라도. 정류장 바로 앞에 사거리가 있었다. 대충 어딘지는 알 만한 데 내렸구만. 정류장에서 밝게 빛나는 이자카야 전골 광고판 뒤에 숨어서 신호등 신호가 바뀌길 기다렸다. 사거리를 두 번 건너면 집이었지만 여기서 15분은 걸어야 하는데 그 전에 죽겠다. 녹색 신호등이 켜지자마자 건너편으로 달려갔다. 눈보라가 심해지고 있었다. 고개를 숙이고 우산을 명치깨까지 내렸다. 바로 건너편 빌딩 1층에 따뜻한 이자카야 광고판 불빛을 따라갔다. 내가 마지막으로 버스에서 시간을 봤을 때가 6시 반이 넘었다. 아, 팔팔하게 끓는 버섯전골 먹을래. 진심. 혼자서 2인분 시켜. 홀린 듯이 가게 문을 열고 들어가자 훈풍이 귓가를 훅 스치고 지나갔다.

"어서 오세요, 한 분이신가요?"

"느, 느."

나는 네라는 의도를 미처 표현하지 못하는 말 대신 열정적으로 고개를 끄덕였다. 너무 추워서 센서가 다 고장 난 거 같았다. 실리콘이 다 얼어버리면 내골격에서 분리된단 말입니다. 그럼 수리 비용이 얼마야. 따뜻한 곳으로 오자 센서가 오락가락하면서 균형을 찾았다. 난 한 번에 한 가지 일에 집중하는 기전이 있어서, 옆자리 사람이 나를 난로에서 떼어놓는 것도 몰랐다.

"이러다 팔 녹는다. 칠칠이."

"아, 어, 아. 명아."

박명이 자연스럽게 나와 난로 사이에 끼어들어 앉아서 자리를 벌렸다. 감각이 천천히 돌아오기 시작한 피부는 아마 실제 피부보다는 좀 더 천천히 부드러워질 예정이었다. 나는 답답해서 패딩 지퍼를 조금 내렸고, 박명은 그동안 팔걸이에 목도리를 거는 걸 도와주었다. 점원이 메뉴판을 갖다줬다.

"피부에 온도 감지계가 고장 난 모양인데. 괜찮아?"

박명은 내 팔을 걱정했다. 나는 스스로를 꼭 안으면서 이를 딱딱거렸다. 내가 비염을 재현하진 못해서 다행이었다. 코끝은 찡해져 오는 중이었으니까.

"아, 아까 너무 추워서. 그냥 통각으로 느껴졌어. 따뜻해도 통각이 먼저 느껴져서 몰랐나 봐. 근데 너

무슨 일이야?"

"무슨 일이긴. 네가 여기 온 거지. 난 계속 있었고."

박명은 얇은 목 티 차림이었다. 박명이 벽을 흘깃 보았고, 나도 흘깃 박명의 시선을 따라서 두꺼운 떡볶이 코트가 걸린 옷걸이를 보았다.

"옷 두고 올 테니까 천천히 메뉴 봐."

뒤늦게 롤리 알람의 의미를 이해했다. 날 불러내고 싶은데, 직접 연락하면 이 핑계 저 핑계를 대면서 안 올 거 같으니까 전 남친 만나기 전에 버스에서 내리라는 암시를 주는 방식으로 여기로 꼬드긴 것이었다. 물론 나는 다 내 발로 왔지만 속은 기분에 박명에게 따지려고 반쯤 일어섰을 때 박명이 지갑을 꺼냈다.

"식사 내가 살 테니까 화 풀어."

"…나 버섯전골. 그리고 감자 고로케. 그리고 야채 튀김도."

"빠르네."

"올 때부터 광고판을 봤어…. 이게 네가 하는 일이구나. 그렇지?"

따뜻한 물컵을 받아 들고 손에 열이 전도되기를

기다렸다. 가게 전체가 고소한 향으로 가득 찼다. 사람들은 시끌시끌했고 배 속에 작은 사람들이 우글우글 아우성치는 것처럼 배가 고팠다. 시계를 보자 7시가 가까워지고 있었다. 박명은 식사가 나오기 전에 방해되는 머리를 위로 올려 묶었다. 긴 목에 올려 묶은 머리까지 더해져 꼿꼿한 자세로 앉자 남들보다 키가 커 보였다. 박명은 그냥 부처님 같은 미소만 지었다. 입 끝이 온화한 미소 말이다.

"심리학과라서 할 줄 아는 건가?"

내가 물었다.

"심리학과는 독심술 할 줄 아는 사람들로 이뤄진 과가 아니거든?"

나는 박명이 나를 이리로 부른 알고리즘이 참 신기했다. 어떻게 하면 그 타이밍에 버스에서 내리라는 알림이 오고. 또, 정류장에서 이자카야 광고를 봤고. 또 내려서 집에 갈 수 있었는데 신호등을 한 번만 건너서 이자카야에 들어왔고, 또 박명을 만나나? 이래서 롤리가 신기했다. 운명이라는 게 있어서 결국 이럴 만남이었다로 귀결되는 것 같고, 누군가를 피하려고 한 자리에서 우연히 아는 사람을 만나게 되니까.

박명은 먼저 나온 야채 튀김을 내 접시에 덜어주면서 먹으라고 종용했다. 젓가락으로 튀김을 집는 소리부터 바삭했다.

"얼른 먹어봐."

"너 먼저 먹어."

"내가 밥 사는 건데 손님이 먼저 먹는 건 어때, 유성아."

"이건 가짜 배고픔이니까. 실제 에너지 충전은 수소 분해로 하는 거고."

"대학에서 너 보고 나서 20년 동안 논문 틈날 때마다 찾아봤어."

"그래서?"

"너를 구성하는 신경전달물질 체계가 나랑 같은데 네가 배고픈 게 아니면 나도 배고픈 게 아니야."

"너 조금 스토커 같아."

"궁금한 걸 어떻게 해."

그 이야기는 내가 로봇의 몸에 들어간 인간이고, 내가 느끼는 감정과 욕망은 로봇 신체에 필요한 것들(소모된 실리콘을 제때 갈아줄 것, 배터리 충전을 가끔

할 것)과는 별개로 실존한다는 뜻이었다. 나는 괜히 말싸움하기 싫어서 튀김 맛을 보았다.

"맛있다."

"나보단 유성이 훨씬 인간적일지 몰라."

"응, 너는 자연스러운 만남을 인간이 설계 가능하다고 믿는 점에서 정말 비인간적이지."

"내 도움이 아니었으면 같은 아파트에 사는 사내 연애 했던 남자친구를….'"

"전 남자친구야."

"전 남자친구를 어떻게 한 동네에서 1년간 안 마주칠 수 있었을까요."

"감사합니다, 어르신."

"네, 감사하세요."

자연스러운 만남 회피 기능, 최고. 롤리 포춘쿠키의 부가 기능 같지만 존재의의가 거기에 있다. 아니었으면 나는 저녁에 쓰레기 버리러 잠옷 입고 못 나갔고, 그놈과의 추억이 있는 혜화동의 수많은 카페도 마음 편하게 가지 못했을 거였다.

"실은 아까 롤리가 알람을 줬을 때, 전 남친이 온다는 경고인 줄 알고 버스에서 내렸어."

박명은 방금 나온 전골을 내 그릇에 떠주고, 자기 그릇에도 뜨면서 어깨를 으쓱했다.

"데이터가 감을 만들지. 롤리 알람이 전 남친이 다음에 버스에 탄다는 경고인 줄 알아서 버스에서 내린 거라면… 여기 올 확률이 거의 90퍼센트였겠네. 너는 전 남친 알람만 오면 백 퍼센트 도망 다녔으니까. 회사에서도."

나는 코를 문지르면서 전골을 열심히 떠먹었다.

"나는 롤리 말에 따를지, 안 따를지 선택할 수는 있지. 앱을 안 깔거나 깔 거나, 메시지 수신에 동의하거나, 동의하지 않거나. 거기까지가 내가 가진 자율성 같아. 나머지는 앱이 내 미래를 다 계획한 거지."

"어라, 자율성이 없다고 느껴지면 안 되는데… 여전히 언제든 마음 바꿔서 앱을 끌 순 있는데 그건 어떻게 생각해?"

듣지 않으면 그만인 조언. 박명은 롤리가 딱 그 정도라고 그랬다.

"그런데 이유는 모르겠지만 그것까지 롤리가 의도했을 것 같아. 이쯤이면 앱에서 독립해서 살고 싶다는 마음까지도 설계하지 않았을까? 너는 천재라서."

그냥 한번 휘말리면 그렇게 생각하게 돼. 내가 머리를 헤집으면서 말하자 지나가던 종업원이 슬쩍 나를 본 것 같았다. 어둑어둑한 이자카야의 실내에서 종업원 시선을 느낀 게 정확하진 않지만. 고개만 돌려 거울을 보니 내 머리가 두 배로 부풀어 오른 거 같았다. 어떻게 세팅한 머리인데. 안 되지. 머리를 다시 내리며 등받이로 몸을 쭉 기댔다.

　　"자유 의지가 뭘까."

　　"버섯전골이 먹고 싶으면 버섯전골을 시키는 거?"

　　"여기 대표메뉴라고 광고 엄청 때리는데. 우리 그거 무시 못 한다."

　　"자유 의지가 어떤 느낌인지는 나도 항상 고민해. 사람들이 껄끄러워하거든. 운세 애플리케이션에 조종당한다고 느끼거나, 오늘의 포춘 쿠키 연애운이 최고라서 만난 그 사람을 본인이 직접 선택할 수 있었으면 선택했을까 하는 거지. 우리 회사 운세 때문에 그때 모 게임 회사 주식이 오르락내리락 했잖아."

　　"감사 들어오고 난리도 아니었지…. 나 너 뉴스 해시태그로 보고 싶지 않다."

　　박명은 다른 사람들이 더 나은 삶을 살도록 제안

하는 애플리케이션을 만들면서, 항상 더 나은 삶을 산다는 게 뭔지 누가 정할 수 있나 고민한다고 했다. 나도 그 고민을 한 지 꽤 되어가는 중이었다. 아, 국물이 너무 짜지기 시작하자 불을 줄였다. 물 좀 더 넣을까? 박명은 답이 없었다. 무언가 생각에 골몰한 모습이었다.

"있잖아. 며칠 전에. 근처 찻집에서."

"응."

"죽겠다고 한 거. 그거 더 할 말 있어?"

오, 방 안의 코끼리를 가장 먼저 언급한 건 박명이었다. 나는 관자놀이를 문질렀다.

"그냥, 난 난데. 더 이상 내 의지로 살고 있지 않다는 생각이 들었어."

나는 턱을 괴고 삐딱하게 박명을 응시했다. 박명의 까만 눈이 옥으로 된 단추처럼 반짝였다.

"의지가 뭐라고 생각하는데?"

"내 뜻대로 사는 거?"

"뭐가 네 뜻인데?"

"과거 나의 연장선이 아닌 거."

"과거 유성은 지금의 유성이 아니고."

"걔는 휘유우 펑."

사라졌지. 나는 손가락으로 무언가를 그리려다가 포기하고 바 테이블에 몸을 기대고 꼼지락거렸다. 하지만 사람들은 나를 개로 보고. 그러면서 또 개로 보지는 않고.

"법적인 내 신분이 일단 반쪽짜리여도 유성으로 살고 있지."

내 신분증에는 알파벳이 몇 개 더 붙는데, 그건 내가 사람이 아니라 생존했던 사람의 인격을 물려받은 안드로이드라는 뜻이다. 나는 박명과 함께 물고기처럼 테이블 사이를 돌아다니는 종업원에게 주민등록증을 슬쩍 보여줬다. 박명은 칵테일 한잔을, 나는 물 온더록스 한 잔을 시켰다. 얼음물. 간지 나게. 젓지 말고 흔들어서. 별놈 다 본다는 식으로 종업원이 피식 웃다 사라졌다.

"어느 날 법적인 신분이 바뀌면 이전의 유성은 죽었다고 봐도 좋을까."

"세탁 못 하는 것도 있지 않겠어?"

"외모…는 변경 가능하지. 요즘 시대에."

내가 다른 사람의 얼굴을 하고 다른 사람의 신분

을 훔쳐서 사는 걸 잠깐 상상했다. 아니면 실리콘 마스크를 벗은 알루미늄 뼈다귀인 나는 더 이상 유성이 아니게 되는지도. 어떤 것이 사람들이 나를 유성이라고 부르게 하냐고. 혹은 나 자신을 유성이라고 부를 수 있게 하냐고.

"예를 들면 내 기억. '우리 강생이가 할망 불럼져.' 하는 기억. 그런 게 나를 유성이라고 부를 수 있게 하겠지."

"많이 옛날이네."

"근데 나도 뭐, 애기 구덕에 누워 있던 게 기억날 정도는 아니야."

나는 제1의 유성의 기억을 불러냈다. 어제 먹은 점심 같은 거 말고, 사진으로 남은 오래전 일을 기억한다는 건 도서관에 들어가서 어떤 책을 하나 꺼내 읽는 것과 비슷했다. 나는 담팔수 늙은 나무가 태풍에 축 처진 잎을 바르작대고 있을 때 학교 후문에서 외할머니를 기다리던 기억이 선명했다.

"유성이 너는 첫 번째 유성을 남처럼 생각하지만… 그래도 내가 나 자신을 기억하는 것보단 더 선명하게 자기 일처럼 말하는걸. 나는 수술을 하도 많이 해서 전신마취 때문인지 기억이 오락가락해."

"아, 그거. 네 기억은 불러낼 때마다 이것저것 새로 덧씌워지지만… 내 데이터 보존 장치에 과거의 기억은 보존하기로 계약서에 쓰여 있어서 그래. 나는 그런 기억들은 매번 새로 겪을 수 있어. 서광이도 그럴걸."

가령 03년도 기억을 읽으면, 찬 공기가 바닥으로 가라앉고 세상이 물에 먹먹히 젖은 회색일 때도 외할머니의 진분홍색 잠바가 비바람을 뚫고 보였던 게 기억난다. 우리 할망 눈에도 내 노랑 우비가 보였다고 말씀하셨다. 그 많은 어린 우비들을 뚫고 말이다. 나는 비 오는 날이면 외할머니가 늦게 오는 것이 차라리 좋았다. 할머니가 너무 빨리 와서 나를 기다리면, 나 같은 아이가 백 명은 되는 하굣길에서 내가 안 보일까 봐 무서웠다. 무어라고 해야 할까. 기억들은 실은 그냥 기억이 아니다. 감정이다. 나는 그때의 두려움을 기억하는 것이다. '우리 할망 나 못 찾으면 나 어떵 집 가나? 가신디 엇갈리면?' 하고 한 시간 동안 교문 앞에 서 있으면서 울음을 참은 걸 기억한다. 마침내 찾아온 빨간 잠바도 기억한다.

나중에 할머니가 우산 가방에 챙기라고 했을 때 안 챙겼다가, 복싹 혼난 것도 기억하고.

　"복싹?"

　"음, 대단히 혼쭐이 났다고."

　우산 안 챙겼을 때도 할머니가 우산을 가방 옆구리에 넣어 놓은 거, 종이에 주소도 적어서 '가방 안 주머니에 놔신게. 혹시 모르난 이거 보고 오라이.' 했을 때 울컥하면서 심장이 빨리 뛰던 건 감정일까 기억일까. 아마 둘 다일 것이다.

　우리 할머니 양순자 씨. 할머니라고만 알면 나중에 이 어린 손주가 할머니를 못 찾을까 봐 세 살 때부터 양순자 할머니, 또박또박 부르게 했던 게 우리 엄마가 제일 잘한 일이었다.

　물론 내가 노인회관에 가서 외할머니 모셔 오라는 소리 들으면 맨발로 노인회관에 들어가 '양순자 씨! 양순자 씨 찾으러 왔수다.' 하는 바람에 엄마는 내가 많이 부끄러웠을지도 모르지만.

　'우리 강생이가 할망 불럼져.' 하고 우리 할머니가 화투 치다 말고 일어서서 나 데리고 집에 갔다.

　돌아갈 때는 슈퍼에서 누가바 하나를 산 다음에

슈퍼 앞에 있는 흰색 플라스틱 의자에서 아이스크림을 다 먹고 갔다. 플라스틱 의자가 아스팔트에서 조금 움직일 때마다 까드득까득 하던 소리, 녹는다. 빨리 먹어라. 한마디 하던 양순자 할머니 목소리. 녹아서 뚝뚝 흘러내리던 아이스크림의 미적지근하게 시작해 시원한 맛. 뒷목에 내리쬐던 볕의 따가움. 발가락이 슬리퍼 모양으로 탔던 기억이 있는데⋯ 그게 첫 번째 유성이 뇌에 남긴 대부분의 기억이다.

조용히 내 말을 듣던 박명은 한숨처럼 작게 속삭였다.

"그 유성은 너무 어렸지."

그래, 내 나이 열한 살의 일이었다. 제1의 유성은 놀이터에서 사고를 겪었고 지주막하 출혈로 몇 주 후 세상을 떠났다. 그리고 제2의 유성이 태어났다. 인간의 신경과 실리콘과 티타늄으로 된 몸을 가지고.

"그 이후에도 사는 건 별로 다르지 않았어. 똑같았어. 엄마 아빠가 나를 모서리에 걸쳐 놓은 유리컵처럼 대하는 것만 빼면. 할머니는 모르셨거든. 할머니한테는 항상 '우리 강생이가 또 양순자 씨 불럼져.' 하는 손주였으니까."

"엄마 아빠가 유성이 너를 대하는 게 많이 달랐어?"

나는 어깨를 으쓱했다.

"두 번째 유성으로 사는 내내, 나는 두 번째 유성인지 잘 몰랐어. 그만큼 인지 기능이 발달을 안 해서였을 수도 있고, 내 기억이 병원에서의 일은 몇 개 유실되어서 일 수도 있지. 어린애들은 세상의 평균과 나를 비교하면서 의심하는 대신에 무슨 일이 일어나든 그게 당연하다고 생각할 때도 있으니까."

어느 날 엄마 아빠가 내게 밥 먹는 거 외에 사흘에 한 번 배터리를 충전해야 한다고 하면 그냥 그럴 수도 있지 하고 넘어갔다. 내가 뭔가 다르다는 걸 눈치챈 건 성인이 되고 나서였다. 부모님이 내가 수면 상태일 때 조금씩 큰 부품으로 갈아 끼운 탓에, 나는 신체의 성장이 어딘가 부자연스럽다는 사실을 인지하지 못한 채 컸다.

박명은 거기에 대해 할 말이 있는 듯했다.

"나도 지금 대충 두 번째 박명이잖아."

"나는 네 대충이란 말이 웃겨."

'테세우스의 박명 호(號).' 박명이 농담 삼아서 그렇게 말할 때 우리는 멋쩍게 당사자 아니면 웃을 수 없는 농담에 얼굴을 실룩거렸다.

"일단 심장을 판막이 없는 것에서 있는 걸로 12년 전에 교체했으니까 제일 먼저 교체된 건데."

박명은 그러면서 심장이 있을 법한 자리를 쓰다듬었다.

"그러고 나서 호르몬 문제가 있었지 않아?"

"응. 자가조직으로 만든 심장이었지만 이식하고 나서 뭐가 마음에 안 드는지… 심장을 바꿨을 때까지만 해도 그냥 약물치료만 병행했는데 결국 옆 장기도 같이 바꾸기로 했지."

박명은 보통 사람에게는 없는, 남들보다 복잡하게 거미집처럼 얽힌 심근과 추가된 심장판막이 이상하게 움직이는 걸 막는 보조 장기 하나, 자가면역질환을 억제하는 장기 하나를 더 이식했다. 덕분에 알레르기 문제로 약을 먹을 필요가 거의 없다. 복강 내 여유는 조금 좁아졌지만 말이다. 마른 배가 빵빵한 박명이 자기 배를 통통 두드릴 때마다 우리는 그러다 탈장된다고 호들갑을 떨었다.

"아마 보조 신규 장기를 달고 나서야, 전신 장기 이식이 활발해졌을걸. 아니면 아무래도 새 장기에 다른 조직들이 적응하는 데 무리가 많이 가거든."

박명은 혈액암 완치 판정을 받기까지 장기도, 골수도, 피부조직도 여러 번 바꾸었다. 안 바꾼 장기도 몇 개 있지만, 여러 번 바꾼 장기도 있었다. 심장, 허파, 뇌, 이 세 주요 장기를 새로 키운 자가 조직으로 대체 이식한 시점으로 자기 인생을 카운트하는 사람도 있었다. 박명은 지금이 세 번째 심장이지만, 전신의 장기 비율로 따지면 다 합쳐 교체율 108퍼센트, 두 번째 인생쯤 된다고 했다.

"그래도 난 연속성이 있잖아. 여러 번에 걸쳐서 바뀌어 갔지만, 보통의 인간도 결국 세포들이 죽고 새 세포가 대체한다고 생각하면, 난 그걸 좀 장기 단위로 겪었을 뿐이야. 내 정체성을 첫 번째 박명이나 두 번째 박명으로 명확하게 분리해본 적은 없어."

박명이 스스로 '박명 버전 2'라고 말하는 건 내가 나를 네 번째 유성이라고 말하는 것과는 달랐다. 박명이 홀짝홀짝 술을 넘겼다. 안드로이드는 센서로 느낄 순 있지만, 소화기관에 부어 넣었다간 세척해야 하는 몇 가지가 있는데, 그게 저런 종류의 칵테일이었다. 부러운 자식.

"나는 근데 나를 그냥 유성이라고 부르는 건 싫어."

"…사유성이 좋아?"

"사유성이 좋지. 네가 1.1-박명 1.2-박명, 1.25-박명일 때부터 1.79-박명을 넘어 2.08-박명이 될 때까지 봐왔지만, 나는 1-유성에서 2-유성으로, 3-유성으로, 4-유성으로, 바로 건너뛰는 거란 말이야. 내 몸 어느 것 하나 이전의 나라고 볼 수 있는 게 없는걸."

"신체가 연속성을 담보할 수 없다면 기억은 어때?"

"그건 그냥 메모리야. 그런 건 남의 일기장을 아주 많이 가지고 있는 거랑 비슷해. 그 일기장을 매일 읽으면 너인지 헷갈리겠지만, 그게 정말 너의 기억이라고 볼 수 있을까?"

난 가끔 신체가 더 중요하다고 생각했다. 어제의 치매 환자와 오늘의 치매 환자 사이에 기억은 연속되지 않지만… 그 사람이 그 사람이 아니게 되진 않는다. 난 이전의 유성이 그냥 과거에 있는 어떤 점이고, 지금은 그 점과 무관하게 움직이는 어떤 점 같았다. 남의 일기장을 갖고 있다고 해서 내가 그 사람이 되진 않잖아.

식사를 마친 퇴근길에 박명이 내게 새 머플러를

사주었다. 내 이전 목도리보다 훨씬 두껍고 넓어서 담요인가 싶은 파란 머플러였다. 어떻게 요리조리 꼬아 묶어 목을 완전히 감싸다 못해 귀까지 가린 머플러 덕인지, 아니면 롱 패딩이 드디어 제 역할을 한 것인지, 그도 아니면 타인의 친절이 보호막처럼 가슴 중앙에 있을 무언가를 단단히 감싸고 돌았는지 집으로 돌아가는 길은 그리 춥지 않았다.

★

집에 돌아와 우산을 털고 발코니에 펼쳐 두었다. 젖은 빨래들은 그냥 모두 빨래통에 넣었다. 10시가 넘었고 밤에 세탁기를 돌리긴 늦은 시간이었다. 코끝이 빨개졌다. 발가락 끝도. 발가락 실리콘들을 풀어주려고 대야에 따뜻한 물을 받고 발을 꼼지락거렸다. 욕실 의자에 쭈그리고 앉아서 동상 걸린 발가락들을 풀다가, 그래도 밥은 맛있었다고 뜬금없이 이자카야에 점수를 줬다.

나는 내가 왜 이따위로 움직이는지 잘 모른다. 나는 실용음악과를 나왔다. 공학과나 신경과학과가 아니라.

43

사람들은 AI로 사람을 만든다고 하면 별 해괴망측한 천재가 다 튀어나올 거로 기대했지만, 나처럼 철저하게 살아 있는 사람을 기반으로 누군가의 신경망과 기억을 재현하면… 그냥 나 같은 애가 나온다. 언 발가락 꼼지락거리기가 재주의 전부인, 실망스러울 정도로 평범한 사람 말이다. 한때 공연 동아리에선 내가 대장이었는데. 입학 때부터 일직선으로 달려간 동아리 친구들이 강산이 두 번 바뀔 시간이 흘러 각자 저마다의 자리에서 대장이 되는 동안 난 이도 저도 아닌 애매한 직장인이란 정체성만 남았다.

　공연을 내가 감독하던 시절엔 학교 친구들이 얼마나 단순한 걸 모르는지, 혹은 내가 한참 전 어린 시절에 넘었던 벽을 넘지 못해서 친구들이 헤매는지 지켜보는 입장이었다. 그렇게 친구들을 도와줄 때는 내가 한참 어른이라고 생각했다. 언제나 여유 있는 모습이 당연히 내 본래 모습이라고. 무대에서 한 사람 한 사람이 어디에 서서 어떤 역할을 해야 할지 명확하게 전체 그림이 보이는 사람. 반복적인 연습에서 더 나아지는 게 느껴지는 사람. 다른 애들은 아직 시야가 짧아서 보지 못하는 것들이 보이는 사람.

그건 실제기도 했고 허상이기도 했다. 작은 수조 안에서 내가 꾸릴 수 있는 수초와 이끼, 돌과 모래, 말미잘과 작은 물고기들의 조화에 대해서는 확신으로 가득 찬 젊은이였으나 바다 밖으로 나가자 나는 서투른 어린애에 불과했다. 매출이 증가하고도 손상차손으로 손해를 볼 수 있는 철강회사의 예시를 줄줄 말할 수 있어야 상식적인 곳에서 나는 대변에 대한 두 가지 뜻밖에 모르는 사람이었으니까. 상식으로 알아야 하는 것들이 내게는 배워야 아는 것들이었고, 모르는 사람은 대범해질 기회가 없었다.

열한 살의 유성의 인생을 길게 엿가락처럼 늘이는 것은 부모님 인생에서 어려운 결정이었을까, 혹은 당연한 결정이었을까. 나는 발의 물기를 수건으로 꼭꼭 눌러 닦으면서 거실로 나왔다. 이런 생각이 드는 날이면 나는 과거와 분절된 것 같았다. 진짜 사람들도 이런 것을 느낄까. 나에게 외할머니는 양순자 씨 한 명인데요. 나는 양순자 씨의 강생이가 아니에요. 세상 살다 보면 그런 일이 있습디다.

포실포실한 극세사 잠옷으로 갈아입고 무거운 겨울 솜이불과 전기요 사이에 꼭 끼었다. 무선충전을 해야지. 눈만 감으면 될 건데 발코니 유리창 너머로 반대쪽 아파트에서 나오는 불빛이 잠드는 걸 방해했다.

"거 안드로이드도 사람인데 밤에 잠 좀 자지….."

그냥 이불 덮어서 모른 척하고 잘까 했는데 숨쉬기가 힘들었다. 4-유성은 최신 모델이다. 2-유성 때는 모른 척 이불을 덮고 잘 수 있었지만, 지금은 내 뇌의 연수에 흡기 중추가 솜이불 속에서 숨쉬기 불편하다고 아우성이다. 자는 데 예민해지는 게 안드로이드-인류의 발전이 맞는 걸까. 인생을 실감 나게 사는 데 과연 여기까지 구현이 필요한 것인가 규탄한다. 제작자 욕을 하며 침대에서 한쪽 팔로 휘청휘청 일어났다. 발바닥에 닿는 바닥이 차가웠다.

"으, 추워."

커튼을 치러 발코니에 가까이 갔다. 유리창 바로 건너에 펼쳐 놓은 삼단 우산과, 이사 이후로 쌓아 놓은 짐들이 보였다.

눈이 오는 날에도 우산을 들고 다니는 웃긴 애가 유성이었다. 여름 가뭄에 밭이 쩍쩍 갈라지는 날에는 되려 별소리를 듣지 않았다. 비가 언젠가 오겠거니. 여름에 어른들은 양산으로라도 쓰고 다니까.

하지만 겨울 눈이 오는 날에 우산을 들고 다니면 걔는 좀 어딘가 독특하다는 소리를 듣는다.

그런 소리를 들을 때면 완전히 까먹고 있었다가 어, 우산. 뭐 맨날 챙기지. 그렇게 답하고 만다.

우산을 가방에 늘 챙기는 건 너무 당연한 습관이라서, 방에서 나갈 때면 불을 끄고 컴퓨터를 다 쓰고 나면 전원을 끄듯이, 연수가 숨 쉬는 것처럼 하는 일이었기 때문에 일부러 빼놓고 다니는 게 더 신경이 쓰였다. 고민은 안 하면 안 할수록 사는 게 쉽다. 필요한 날을 부러 세느니, 언제든 우산을 들고 다니는 게 편한 법이다. 비 올 때 없으면 어쩌려고. 기상청도 안 맞는 날이 있고, 일기예보를 주의 깊게 안 듣는 사람도 있는데. 실은 외할머니가 매번 나에게 우산을 들려줬다. 어린이집 때부터.

제주는 유월부터 한 달은 비가 왔다. 장마를 알리는 건 낮게 나는 제비와, 무거운 공기와, 일기예보 아나운서의 목소리와, 버스 라디오와, 화단 달팽이가 여름잠을 자는 것과….

여름을 생각하며 나는 겨울 방바닥에 쪼그려 앉았다.

비가 오는 날에도 안 오는 날에도 우산 가방에 넣었니? 하고 양순자 씨가 물어보면 대충 고개 먼저 끄덕인 후에 방으로 들어와서 다시 한번 가방에 우산이 들었는지 확인했다. 그게 어느 날인가에는 습관이 되었다.

삼단으로 접히는 작은 우산을 언제나 커다란 가방 옆구리에 잘 말아 꽂아 둔다. 비가 온 날이면 아파트 입구에서 강아지처럼 우산을 좌우로 털고, 베란다에서 펴서 잘 말린다. 다음날이면 팽팽히 마른 우산을 선을 따라 접고, 손바닥으로 감싸 꽉꽉 쥐며 한 방향으로 새 우산처럼 각을 맞춰 잘 접는다. 우산 덮개는 끈에 한 번 묶어서. 둥근 꼭대기는 위로 향하도록. 그래서 늘 그 자리에 있는 우산. 200그램 정도 될까. 비가 추적추적 오는 날에도, 태양이 정수리를 바싹 말리는 날에도 내 등에 늘 지는 무게.

초등학생 저학년 시절 비 오는 날을 기억해보라고 하면 노란 우비의 고무 냄새가 생각난다. 찬 뺨에 맺히는 습한 공기의 온도, 여름 담팔수의 붉은 잎이 뚝뚝 떨어지는 기억.

빨간 가방 위로 엄마가 챙겨준 우비를 입고, 또

그 위에 외할머니가 챙기라고 한 우산을 쓰고, 내 발에는 좀 커서 달그락거리는 장화를 신고 기다리는 시간에 내가 몰랐던 것. 쏟아지는 여름의 푸른 빗속에 서 있었을 때 나는 몇 겹 가족이 챙겨준 것들로 무장하고 있었다는 것. 나는 지금껏 내리사랑을 몇 번이나 받고 살아왔던지. 왜 그 말을 하기 전까지 나는 몰랐던지. 내 습관 한 자락에서 또 외할머니를 발견한다. 아마 평생토록 살면서 내 습관 속에서 발견할 터다.

방바닥에 주저앉아서 마른 우산을 잘 말았다. 네 살의 나는 다섯 살의 내가 무언가 좋아하게 만들었지. 다섯 살의 나는 무엇을 좋아해서 여섯 살의 내가 되었겠지.

…내게도 연속성이 있다.

내 습관들이 까닭 없이 온 것이 아니기에. 내가 쓴 적이 없는 일기장을 계속 읽으며 나는 네가 된 걸까 첫 번째 유성아. 나는 네가 미워 죽겠다.

2

제2의 친구, 서광(曙光)

많은 부모가 아이를 입양한 걸 숨기듯이 다른 것도 숨겨서 아이들은 종종 본인이 죽었다는 걸 모른 채로 살아간다. 내가 안드로이드라서 진짜 사람과는 가끔 다르다는 걸 나는 너무 늦게 알았다. 본래 물려받은 성격이 둔해서 그렇다. 알았다면 실용음악과 진학 대신 관련 학과로 진학했을 거다. 신경과학과나, 로봇 공학과나.

아니다. 내가 첫 번째 유성에게 받은 성격상 나는 절대 이과생이 못 됐다. 숫자 알레르기가 있는 안드로이드라니. 왜 나는 이리도 인간 같을까? 당연하다.

한 인간을 완전히 재현하려 했던 게 나니까 그랬다.

　하던 일이 너무 귀찮아서 거북목으로 옆자리 연우 씨의 《해외 고밀도 분쟁지역 파견업무 지원사업 계획서》를 대신 검토해주다가, 자동화 툴이 큰 디자인 틀을 짜줘도 또 미묘한 조정을 하는 것은 사람의 몫이라서 나는 영원히 대형 언어 모델에 입력할 프롬프트를 수정하며 무용한 노동이 주는 어떠한 작은 평온함에 푹 빠져 있었다.

　"연우 씨. 지원사업 계획서의 큰 틀을 유지한 채로, 평소의 국가사업보다 좀 더 큰 국제기관에 지원하는 사업계획서 틀 양식을 가져오시죠."

　"네, 선배님."

　"고밀도 분쟁지역은 지역별, 시기별 특수성이 크니까 이거는 자료 조사를 AI로 인터넷에서 논문 긁어오는 걸로 끝나면 안 되겠고요. 내가 백야라고 아는 친구가 있거든요. 똑같은 고위험 지역은 아닐 텐데 애가 20대 때부터 매일 출장을 나가 가지고. 파견 나간 데 중에 비슷한 데 있을 거예요. 내가 주말에 시간 날 때 만나서 알아볼게요."

　"선배님이 다 안 해주셔도 되는데요."

"아, 그냥… 하다 보니까 그렇게 됐어요."

점심시간까지 해야 할 일을 빨리 해치워버린 탓에 시간이 좀 비자 나는 회사 기기를 조용히 끄고 패딩 주머니에서 폰을 꺼냈다. 사람들에게 보여줄 만한 일은 아니어서 탕비실까지 어슬렁어슬렁 걸어가다 경영지원팀을 보고 또 계단으로 어슬렁어슬렁 올라갔다.

구석에 몸을 숨기고 '기생충 연합' 화면을 넘겼다. 모 밴드 티켓팅 성공 연합처럼 그냥 다들 의미 없이 가입해놓는 페이지 있지 않은가. 대부분의 권리 있는 사람들이 목적을 알아챌 리는 없었다. 하지만 그냥 등을 보이고 싶지 않은 일이 있다. 기생충 연합은 20세기에 실제로 있었던 존경할 만한 협회 이름의 질 나쁘고 뒤틀린 패러디였다. 성공적으로 기생충을 박멸해 끝끝내 목적을 달성하고 자기 소멸을 위해서 달려가는 커뮤니티. 그 후에는 또 좋은 일을 하는 협회가 되었다고 했던가.

〔PppPp〕 안녕하세요. 이런 식으로 글 쓰는 거 맞을
          까요?

몇 달 전에 탈퇴한 두 회원 중 하나가 다시 돌아왔다. 간격을 두고 탄식의 댓글이 달렸다.

〔WTD〕 님 부모님과 연부터 끊지 않으면 안 될 듯….

〔PppPp〕 무슨 말씀이신가요?

〔WTD〕 님 탈퇴 후 재가입 회원이세요.

〔PppPp〕 여기 처음 가입하는데요.

〔PppPp〕 게시글 처음인데.

〔O1112〕 님 인증한 페이지 확인했는데 우리 그거 본 적 있음.

〔KOLA〕 님 여기 네임드임.

〔O1112〕 어쩌면 좋냐. 자살 전 데이터 날린 듯.

〔O1112〕 그래도 여기 단속 안 들어온 거 보니까 탈퇴 후 접속 기록은 깨끗이 지우셨네요.

〔KOLA〕 메모리도 깨끗이 지운 게 문제.

〔WTD〕 공지 보고 오세요.

안녕하세요, 환영합니다.

당신 중 40퍼센트는 여기 처음 오지 않습니다.

우리는 완전히 죽을 수 없습니다.

걱정 마세요. 우리 중 20퍼센트는 실제로 성공합니다. 천천히 확실히 준비하고 주변인들의 여론을 살피고 동의를 구하세요.

실행하기 전에는 연합 접속 기록을 꼭 지우세요.

목적을 달성하기 위해서 인내심 있고 꼼꼼하게 준비하세요.

여기는 자기 소멸을 향해 달려가는 커뮤니티, 기생충 연합입니다.

다른 말로 하면, 안드로이드 자살 커뮤니티. 재가입 회원을 보면서 난 저러지 말아야지 하는 자조의 댓글을 달고 그냥 또 페이지를 넘겼다. 내 게시글에 신입 회원이 댓글을 달더니 인근이시면 자기가 찾아낸 자살 방법에 대해서 조언을 듣고 싶다고 했다. 이 신입은 진짜 신입 같은데. 그 신입은 의심과 호기심, 겁과 만용이 한데 섞인 정제되지 않은 혼합물 같았다. 흠. 몇 번 DM을 보내다가 꽤 죽이 잘 맞아 퇴근 후에 성수에서 만나기로 했다.

좋은 카페가 많은 곳이지. 피아노와 바이올린 협주곡으로 편곡한 팝송을 틀어주는 카페가 하나 생각났다. 친구가 소개해준 곳이었는데, 내가 그렇게 자주 가진 않아서 카페 주인이나 알바가 내 얼굴은 모를 것 같고. 좋았다. 거기서 만나기로 했다.

여섯 시간 후 목도리로 상체를 꽁꽁 싸매고 퇴근하며 성수로 향했다. 우리 자살 연합 신입분에게 드릴 조언을 생각하면서 카페에 들어왔을 때, 내가 처음 꺼낸 말은….

"으악…!"

"자살은 무슨. 너는 타살감이야. 맞아. 혼나. 아주 어?"

골이 흔들렸다. 꽃으로도 때리지 말라는데, 나는 얼굴도 보기 전에 일방적으로 장바구니로 얻어맞았다. 자살 연합 신입은 때리면서도 표정을 잃지 않았다. 두 팔로 장바구니를 막다 얼굴을 올려다봤다. 아이고. 아는 얼굴이다 마다. 낯익은, 모를 수 없는 얼굴의 안드로이드였다.

"서광아, 나 지금, 으악, 내려놓고 말로 하자. 화내지 말자."

"나 아주 평온해."

부처님 표정으로 멈추지 않고 빵 봉지로 나를 때

55

리는 건 연합 신입이 아니라 20년 지기 친구 서광이었다.

"네가 헛소리하는 게 하루 이틀이어야지. 어. 저번에 찻집에서도 개폼을 잡고 쇼를 하더니만 아주."

"어? 어? 안드로이드 살려."

"살려? 살고는 싶어? 그럼 자살 연합은 왜 가입해."

"저기요, 알바분. 여기 신고 좀 해주세요."

카페에 있는 직원이 나를 말려주길 바랐으나 세상은 날 버렸다. 직원은 비엔나커피를 내리면서 노래 음량을 키웠다.

호밀빵으로 흠씬 두들겨 맞은 후 조금 지나 서광과 마주 앉아서 비엔나커피를 홀짝였다. 먼저 짧은 침묵을 기다리지 못하고 말을 꺼낸 건 나였다.

"꽃으로도 때리지 말라는데."

"빵이 강할까 네가 강할까, 응?"

눌린 호밀 빵이 처량한 모양으로 테이블에 누워 있었다.

"아프진 않지만 기분은 나빠."

서광은 눈썹뼈 주변을 문질렀다. 짙은 눈썹이 움찔거리며 올라갔다. 화내지 않으려고 눈썹뼈를 꾹꾹 누르던 서광은 한숨을 푹푹 쉬었다. 그렇게 보이지 않아도 태도는 늙은 아저씨였다. 당연했다 서광은 늙은 아저씨였다. 얼굴은 스물 여덟아홉 쯤에 멈춰 있었지만.

"오늘 박명이 연락 와서 네가 걱정된다고 하더라."

"박명이 내 개인정보 해킹했어?"

"아니. 네가 너무 뻔했어."

"그렇게 뻔하진 않은데…."

"유성이 네가 참 그렇게 뻔하질 않아서 대단한 함정수사에 다 걸리네."

나는 턱을 괴고 커피잔 안쪽을 찰랑거리며 작은 파도를 만들었다. 귀로는 피아노와 바이올린 멜로디를 분리하면서, 한쪽으로는 내가 죽고 싶다고 말하자 자기들끼리 연락하고 찾아오는 친구들에 대해서 생각했다. 정확히는 둘 다 내가 찾아간 게 되었지만. 서광은 잠깐 뜸을 들이다 박명이 자신에게 오늘 새벽 동이 틀 무렵에 연락해 부탁했다고 했다.

"박명은 안드로이드가 아니니까 안드로이드 커뮤니티 인증을 통과할 수가 없다고 연락이 왔어. 사이트도 다 찾아왔지. 너 거기 있을 것만 같은데, 자기는 들어갈 수가 없다고.”

나는 미안해서 눈만 데굴데굴 굴렸다. 커피는 내가 사겠다고 했는데 선불이었다. 서광은 외투를 걸치면서 장바구니를 주섬주섬 다시 들었다.

“우리 딸 동아리 연습 끝나고 올 시간 됐어. 저녁이나 같이하고 가.”

“아까 장바구니로 나 때렸을 때 두부 터지는 소리… 났는데.”

“…유성이 너 진짜.”

그게 서광의 마지막 말이었다.

“안녕하십니까, 송유성 님. 좋은 저녁입니다.”

화를 기준 이상 내면 서광은 멈추고 행동제어 AI 2E 프로토콜이 깨어난다. 자녀 보호자로 설계된 안드로이드의 숙명이었다. 부모로서 부적절한 행동은 12세 이용가 영화처럼 편집되는 돌봄 안드로이드의 특성. 분노 조절은 강제되고, 네가 화를 낼 수 있는 방식은 은유적이었다. 구약성서에서 화를 표현하는 구절을 찾고, 물건을 찰 수 없어서 허공을 차고, 표현할 수 없는 생각이 넘치면 퓨즈가 나간다. 돌봄 안드로이드로써 살아간다는 것은 자기 신체가 감옥이 된다는 뜻이었다.

"유성 님이 식사 제안에 동의하시게 되면 장바다 님과 같이 식사하시게 됩니다. 이동과 요리 시간 포함 30분 정도 대기하셔야 합니다."

"아… 그래요. 식사하러 가요."

나는 저 보모 안드로이드 인격과 낯을 꽤 가렸다. 서광의 얼굴로 정중해지면 누구나 나처럼 난감할걸. 그래도 식사는 얻어먹으러 뻣뻣하게 일어섰다.

남의 집에 놀러 온 게 얼마 만이더라. 친구들 가정집에 들어오면 십 대 청소년 시절로 돌아간 것처럼 손을 둘 데 없이 어색해졌다. 거실 소파에 앉아 있으라고 하면 편하게 앉지 못하고 주방만 힐끔거리면서 뻣뻣하게 앉아 있어야 하는 기분. 방에서 회색 후드 티 차림으로 나온 서광의 딸 바다가 인사를 했다.

"안녕하세요, 유성 아줌마. 오랜만에 뵙네요."

"어, 안녕. 너희 집에 막 들어와도 되니? 연락 없이 찾아와서 미안해."

"이게 어디 내 집인가요? 아빠 집이죠. 들어오세요."

바다가 냉장고에서 토마토 주스 병을 꺼내면서 발

로 냉장고를 닫았다.

"아줌마가 아빠 또 빡치게 했군요. 대단한 우정이에요."

행동제어 안드로이드 2E 인격이 주방에서 척척 요리하는 중이라 무남독녀 바다는 집에서 제왕처럼 군림 중이었다. 2E는 예절에 대해서 크게 개입하지 않는 행동제어 AI였다.

"기생충 연합은 언제부터 가입했어요?"

"그걸… 너희 아빠가 다… 말했어?"

토마토 주스를 마시면서 대답 대신 바다가 고개를 끄덕였다. 나는 주방을 잠깐 노려보다가 뺨을 긁었다. 어린애가 이런 말을 듣게 하다니.

바다는 눈을 가늘게 뜨고 나를 찬찬히 관찰했다. 나는 눈을 못 마주치고 멋쩍게 피하다가 목도리를 아직도 풀고 있지 않았다는 걸 깨닫고 목도리를 조심스럽게 풀었다. 바다가 손을 뻗어서 주세요, 하더니 소파 옆 옷걸이에 걸어주었다. 30분 언제 다 지나니.

"아빠가 커뮤니티 같은 걸 잘 몰라서. 제가 좀 도와줬어요. 글 쓸 때 말투도 너무 공감 못 하는 외부 자처럼 보이면 안 되는 데 너무 익숙한 사람처럼 보

60

여서도 안 되고. 커뮤니티 분위기 보는 방법이나 속
어들 파악하는 방식이나 그런 거요. 아빠가 게임할
때 친구 말고 놀러 다니는 친구가 잘 없잖아요."

"방금 너희 아빠 마음에 상처 입었을 거 같다."

"입든가 말든가."

2E가 요리하는 동안 크게 고개를 털어버리길래
서광의 자아가 돌아온 걸 알았다.

"우리 아빠 뇌에는 엄마하고 나밖에 없어서 친구
들 사귀고 막 놀러 다닌다고 해도 별로 걱정은 안 하
는데요. 가끔 재혼 모드 같은 게 있길 바랄 때도 있
죠. 아빠 없으니까 하는 얘긴데."

"바다야, 그런 말은 조심하는 게 어떨까? 너희 아
빠 돌아왔을걸."

"방금 재혼 이야기 듣고 화나서 또 스위치 나갔을
거예요."

"안녕하십니까, 바다 님, 유성 님. 좋은 저녁입니다."

"저것 봐요."

서광은 죽었다 깨어나도 바다 손바닥 안이겠구나.
딸 이기는 아빠가 어디 있으랴. 나는 요리가 얼른 완
성되기만을 기다렸다. 요리가 거의 완성되자 손님인

내가 수저라도 챙겨야 하는 거 아닌지 불안해하며 거실 소파에서 뭉그적거리고 있자 바다가 게임을 하다가 슬슬 일어나자고 했다. 바다가 식탁 의자에 양반다리를 하고 앉았다가 외부인을 의식하고 다시 두 다리를 바닥에 내려놓을 즘 서광이 요리를 옮기며 입을 열었다.

"장바다… 너 아빠한테 이렇게 장난치지 말랬지."

"누가 프로그램 짰는지 몰라도 아빠는 퓨즈 발화점이 너무 낮아요."

"누가 짰겠니? 너희 엄마가 짰지."

서광이 비뚜름하게 웃었다. 여전했다. 20여 년 전, 난 서광을 통해 장희헌을 처음 알았다. 어느 날 오후 서광이 여자친구라고 우리 모임에 데려온 껑충한 키의 내 또래 여성. 처음엔 그렇게 나쁜 사이도 아니었고, 그렇게 친한 사이도 아니었다. 하지만 우리 모임의 반응은 점점이 갈렸다. 서광과 친했던 사이인 상현은 서광과 희헌 둘의 사이를 이미 알고 있는 눈치였다. 다른 친구 백야는 한평생 남을 보면서 그리 크게 기꺼워한 적도 미워한 적도 없어서 데면데면 지나갔다. 박명은, 글쎄. 그 애 속을 내가 잘 알았던

적은 한 번도 없어서. 나는 제일 유치했다. 우리가
계속해서 독신이고 노인이 되어서도 십 대처럼 허물
없고 쓸데없는 데 시간을 낭비하는 친구일 줄 알았
기 때문에 장희헌의 존재는, 이제 와 솔직하게 밝히
면 축하해야 하는 난감한 존재에 가까웠을 것이다.
가족이 예고 없이 새 가족이라며 누군가를 집에 데
려왔을 때의 당황과 비유하는 게 가장 비슷하겠지.

　모임에 종종 부르거나 서광이라는 연결고리 없이
도 희헌을 자주 만났던 건 내 나름의 적응 방식이었
다. 우리가 앞으로 수십 년 만나며 가족처럼 지내야
할 사이면 노력해서라도 친해지는 게 옳지 않으냐는
막연한 미래를 희망하며 어색하게 희헌에게 손을 건
넸다. 그 첫날 희헌은 내 손을 힐긋 쳐다보기만 하고
인사 대신 품에서 담배를 찾긴 했지만.

　나는 혜화역 버스정류장에서 떡 파는 할머니가
떡 사라고 빤히 쳐다보면 미안해져서 탈 버스도 다
음으로 미루고 떡을 사고야 마는 정도의 줏대 없는
무른 사람이고, 희헌은 모임에서도 대화가 길어지면
말을 끊고 바로 담배를 피우고 돌아오는 주장 확실
한 사람이었다.

그렇게 땅의 동쪽 끝과 서쪽 끝처럼 다른 우리가 서로에게 적응하기 위해선 달팽이보다 더딘 속도로 다가서는 수밖에 없었다. 어느 부분은 우리 사이에 있던 친구 상현이 이뤄준 성과일 수도 있었다. 내가 상현의 말에 반박 못 하고 휘둘리고 있으면 희헌이 허튼소리라고 끊어주곤 해서.

그렇게 적응하면 안 됐다. 천천히, 그러나 아주 긴밀하게 모래사장에 파도가 스며들듯이 좋아하게 된 그 친구를, 희헌을 우리는 10년 전에 급작스럽게 잃었다. 슬픔을 계량할 수 있다면 서광은 한 달 넘게 2E로 지냈다.

나는… 내 슬픔은 마음 전체를 잡아먹어도 내 신체는 고장 나지 않았다. 친구를 잃었는데 나는 다음 날 출근을 했다. 내가 어린 바다에게 희헌의 이야기를 많이 해준 건 이제 와 돌이켜 보면 죄책감의 변형된 표출이었다. 나를 집어삼킬 정도로 애도하지 못하는 건에 대한 죄책감으로 너보다 네 어머니를 선명히 기억할 수 있는 내가 이야기를 전달하겠노라고. 그게 일종의 청산이라고.

"네 앞에서는 절대 조금도 화 비슷한 것도 보여주

면 안 된다고 너희 엄마가 항상 말했어."

"우리 아빠가 십 대 사춘기 반항아만큼 감수성이 풍부하다는 걸 고려 안 하고 말이죠."

"가족 이야기는 제발 가족끼리 있을 때만 하자, 바다야?"

서광이 한마디 하자 봐준다는 표정으로 바다가 턱을 살짝 치켜들었다.

"저거 진짜 쟤 엄마 닮았지."

서광은 입으로는 투덜거리면서 눈으로는 웃고 있었다. 한 얼굴로 두말하는 사람.

"서광이 너는 구제 불능 팔불출이야."

서광은 그건 자신이 사는 목적 자체라서 어쩔 수 없다고 했다. 서광이 '산다'라는 말을 하면서 제 몫의 식사는 없이 일어서서 설거지를 하러 가는 동안 바다가 자기 아빠를, 식사 기능이 없는 구형의 안드로이드를 가자미 눈으로 흘겨보다가 숟가락을 들었다.

"아줌마."

"응?"

"돈 얼마나 들어요? 기계가 식사하려면요."

나도 모르게 입을 벌리고 있었나 보다. 바다는 내

게 밥 드세요. 아빠 요리 잘해요. 하고 짧게 말을 하고서는 먼저 미역국을 먹었다. 나는 젓가락을 내려놓고 뒷목을 쓸었다. 반찬 중에 무얼 먼저 먹어야 할지 모르는 어린애가 된 것처럼 무슨 말을 먼저 해야 할지 모르는 어른이 되었다. 여기서 누군가가 말을 먼저 할 수 있다면 장바다뿐이었다.

서광은 교통사고로 죽은 사실을 한 번도 바다에게 말하지 않았는데, 바다는 성인이 되고 아버지 자료를 열람할 권한이 생겼다.

바다는 한참 침묵 속에서 나물 두부무침을 깨작거리다 먼저 말문을 열었다.

"아빠한테 뭐라도 해주고 싶어서요."

"글쎄… 그렇구나."

"저도 알아요. 아버지 교통사고로 죽은 거."

근데 죽은 게 교통사고였든 뭐였든 별로 신경 안 써요. 저 사람이 우리 아빠라고 생각해요. 네 살짜리가 뭘 알았겠어요. 저 다섯 살부터 스무 살까지는 다 이 아빠가 키웠는데, 그거면 생물학적인 아빠가 어느 날 살아서 돌아와도 이쪽이 제 아빠예요. 엄마는 그 둘이 같은 사람이길 바란 거 같지만, 난 잘 모르겠어요. 상관없어요. 그냥 지금 아빠가 가끔 불쌍해 보여요.

바다가 말하는 동안 나는 미역을 어금니로 아주 오랫동안 씹었다. 입안의 미역이 흐물흐물, 아주 잘게 쪼개져서 바다의 맛은 모두 잃어버릴 때까지. 대부분의 사람들은 우리를 사람이라고 부르지 않았고, 나도 종종 우리를 사람이라 부르지 않았다.

"희헌이는, 그러니까 네 엄마는 아빠를 많이 사랑했어."

"알아요."

나에게 조카라고 할 만한 애는 바다뿐이었다. 주변에 아이 비슷한 것도 없었다. 나는 생식할 수 없고, 입양할 생각도 없었다. 아, 입양의 권리도 없고, 형제자매도 없었다. 많은 유산으로도 할 수 없는 것들이 있기 마련이다. 내 나이가 아무리 흘러도 나는 내가 애 같은데, 가끔 진짜 애들에게는 어떻게 말해야 할지 모르겠다.

"나는 사랑하는 사람한텐 이런 일은 안 할 것 같아요. 아, 아줌마 부모님 보고 뭐라고 하는 건 아니고요."

자기 아버지를 향해 손짓하며 '이런 일'이라고 하

는 바다는 요즘 애들처럼 직설적이었고, 나는 그에 비하면 에둘러 말하는 게 습관이 된 늙은 안드로이드였다.

"엄마는 모든 걸 얻었지만 아빠는 얻은 게 없잖아요."

"너와 같이할 기회를 얻었지."

"진부하네요."

직장에서도 요즘 젊은 애들은 퍽 당돌하지. 나는 눈썹을 긁었다. 달리 대꾸할 말이 없어서 눈알을 굴렸다. 왜 나는 그렇게 부모님 돈을 쏟아 부어 만들었으면서 바다의 말에 쉽게 대꾸할 말 하나 찾지 못하는, 슈퍼-지능-안드로이드가 아닌 걸까? 내 부모는 한 인간의 서투름과 단점과 느림을 재현하는 데 왜 그렇게 많이 돈을 썼을까. 그리고 왜 바다는 자기 아빠가 나만큼 충분히 인간답지 못해서 이 비효율적인 신체를 갖지 못한 것에 대한 슬픔을 가지고 고뇌하는 건지.

기술은 참 이상한 거였다. 인간이 이상하거나.

"저에게 대답을 안 하는 순간에도 무언가를 느끼세요?"

"뭐?"

"외부로 표현하지 않는 동안에도 작동하는 마음이 있느냐고요."

"있지."

바다는 고개를 주억거렸다.

"우리 아빠에게도 있을까요?"

바다는 어느 순간 밥 대신 아스파라거스 줄기를 잘게 찢으면서 생각에 골몰해 있었다. 아빠 대신 2E가 호출될 때마다 그런 불안감을 느껴요. 아빠가 내가 원하는 반응을 해주기 위한 챗봇에 불과한 것 같아서요. 그리고 나는, 나는 진짜 인간이라서 그런 게 구분이 안 된단 말이에요. 아줌마는 혹시 구분할 수 있어요? 챗봇이랑 마음이 있는 안드로이드가 다른지.

나는 그 애의 말에서 뭘 느껴야 되는지, 굴욕감과 배신감, 혹은 안쓰러움과 연민, 미안함과 혼란스러움이 소용돌이치는 와중에서 무엇을 말해주어야 옳은지 헷갈렸다. 아, 그러니까, 어. 가 내가 멍청하게 꺼낸 말이었다.

"내가 아줌마를 고장 낸 걸까요?"

그 말을 듣고 나서야 내가 한참 밥을 안 먹고 있

다는 걸 떠올렸다. 배도 부르고, 더 이상 안 먹어도 될 것 같았다.

"고장은 안 났어. 아니, 뭐 사람도 고장이 자주 나긴 하지. 이런 말을 들으면."

"미안해요. 실수로 사람처럼 안 대한 거요."

"아냐. 다들 자주 그래."

"아빠가 자기를 사람으로 여기지 않는 게 화가 나서 그랬어요. 그리고 확실히 아줌마보다는 우리 아빠가… 한참 그러잖아요. 그냥 보육 로봇만 한 권리밖에 없잖아요."

희헌이 좀 더 오래 살았어야 했다. 그 애는 너무 일찍 이 가족을 떠나버렸다. 불시에. '사후'를 준비할 틈 없이. 우리 빌어먹을 엄마 아빠처럼. 대부분의 가족들이 이제 본인을 필요로 하는 가족의 곁을 쉽게 떠나지 않는 와중에도, 어떤 사람들은 너무 쉽게 떠난다. 그때서야 죽음이 아직 정복된 것이 아니라 애매하게, 각자마다 다른 속도로 미뤄지고 있음을 깨닫는 것이다.

"나도 딱히 권리가 있진 않아."

"아줌마는 좀 더 자유로워 보여요."

"글쎄. 그렇게 보이니?"

"아줌마 부모님은 다 돌아가셨죠."

"응."

"그런 점이요. 또, 식사를 할 수 있는 거랑, 손에 잡히는 대로 마구 화를 내도 되는 거랑, 어느 날 제어 인격이 나타나서 부적절한 감정과 행동은 다 인생에서 잘라내지 않는 거요."

"다 내가 할 수 있는 거긴 하지."

"자식으로서 살 수 있는 삶을 대신 살아주는 안드로이드들은 부모님 앞에서… 훨씬 자유로우니까요. 그 부모가 있는 한 인형으로 살긴 하지만요."

"그렇지 않은 부모들도 있어. 다시 태어난 자식이 말썽 없이 완벽한 걸 좋아하는 부모들."

바다는 그 부자유에 대해서 보고 들은 게 없어 상상하지 못한 영역이었나 보지만, 안드로이드 네트워크에선 그런 일들을 보는 게 드문 일은 아니었다. 내 부모님은 말하기 미묘한, 그런고로 어려운 존재였다. 나는 누구보다 자유롭고 행복하고 자신의 딸답게 보여야 했고 동시에 평범한 사람의 기대치들은, 그 모든 것을 실패 없이 이루는 것은 해내야 했다.

그래. 의전 받지 않는 것 같은 의전처럼.

프랑스라고, 단을 쌓거나 대칭적으로 구획을 나눈 곳에 식물을 심어 각이 지게 조경수를 다듬는 것이 조경인 나라가 있고, 그 옆 나라에 영국이라고, 굽이굽이 길이 이어진 길에 무성한 풀과 장미와 우아하게 폭포수처럼 떨어지는 버드나무와 그 옆에서 균형처럼 위로 솟은 물푸레나무 가지, 들판에 잔잔히 흩어진 흰 풀꽃들이 풍경을 이루는 것이 조경인 나라가 있다. 보시기에 흡족한 것은, 그것이 아무리 자연스럽더라도 자연스럽지 않았다. 하지만 모두가 거기까지 알 필요는 없지.

식탁에서 일어나면서 바다가 자기 아버지에겐 방금 있었던 대화는 비밀로 해달라고 했다. 약속하지 않았다. 미룬 사람은 미룬 사람대로, 떠난 사람들은 떠난 사람대로, 살아 있는 사람들은 그대로 고민이 깊어지는 밤이었다.

✱

담배를 피운다는 핑계로 겨울에 아파트 흡연구역에 나오는 건 어리석은 일임을 내 뇌가 기억해두기

바란다. 실제로 둘 중 담배를 피울 수 있는 사람도 없었다. 우리 둘의 차이가 있다면 난 센서가 얼어 죽어가는데 끌 수도 없이 자동 설정인 데 반해, 서광은 감각 스위치를 수동으로 끄고 멀쩡하게 팔짱을 끼고 얼음장 같은 흡연 부스에 등을 기댈 수 있다는 점뿐이었다. 나는 한참 이를 딱딱거리다가 근섬유에 열을 추가로 만들어내겠다고 주장하며 아파트 둘레 길을 촉새처럼 뛰어다녔다. 내가 겨울잠에 들지 못하고 제자리 뛰기를 하는 개구리처럼 보이는 것보다 조깅하는 사람으로 보이는 게 덜 꼴사납다고 생각했는지 나를 지켜보다 한걸음 늦게 서광이 따라왔다. 앞서거니 뒤서거니 하면서 걷는 동안 '아 추워' 말고 대화가 시작된 건 둘레길을 반 바퀴 정도 돌고 나서였다.

"따님이 너 걱정 많이 하시더라."

"무슨 일인데. 바다가 학교 휴학하겠대?"

"아니 그건 아니고⋯."

"그럼 자퇴하겠대? 누구 때렸대? 합의금 크대?"

"아니 과민반응 하지 말고. 너 여기서 멈추면 나 너 못 끌고 가⋯."

서광에게 진정할 시간을 주면서 나는 제자리에서 점프를 했다. 요즘 밤 날씨 정말 춥구만. 서광이 인상을 썼다. 나는 못 본 체했다.

"너 업그레이드할 방법 찾고 있나 봐."

무릎을 굽혔다 펴면서 나는 서광이 별로 듣고 싶어 하지 않는 말을 어떻게 하면 분노를 불러일으키지 않고 침착하게 대화할 수 있을까 고민했다.

"2E로 감정 제한당하는 것도 풀고 싶어 하는 것 같고. 나처럼 식사할 수 있는 신체는 얼마나 비싸냐고 물어보던데."

감사합니다, 합의금 걱정은 할 필요 없구나. 서광은 방금 만들어진 가상의 걱정거리들을 걱정하느라 내 말을 이해하고 반응하기까진 조금 더 시간이 걸렸다.

"저런. 미안. 유성아. 돈 이야기는 내가 대신 사과할게."

서광은 의외로 빠르게 사과할 뿐, 화를 내지 않았다. '응, 네 딸은 조금 예의가 없었어. 남의 가격이나 물어보고.'라고 할 수는 없어서 그냥 엄지손톱으로 눈썹을 긁다가 아빠에겐 비밀이라고 부탁한 건을 쪼르르 달려가 말하는 나도 양심 없지 싶어서 관뒀다.

"업그레이드 좀 비싸긴 한데, 네가 못 할 정도는 아니야."

"딸 용돈으로 호강하고 싶진 않다."

그러고 나서 얼마인지는 좀 들어보자는 눈빛으로 까만 눈을 깜빡이길래 노려보는 거로 답을 대신해줬다. 안드로이드에게 넌 얼마냐고 물어보는 건 실례였다. DM으로 문의해주세요. 내킬 때 답변드리지요.

"희헌이가 남긴 유산 좀 있지 않아?"

"그 돈은 바다 커서 써야 돼."

"바다는 다 컸는데."

"아직 애기야."

부모란 뭘까. 잠깐 이해가 안 가서 미간을 차가운 손끝으로 꾹꾹 누르다 표정 없이 진지한 서광의 얼굴을 보니 그래 네 인생이지 내 인생이냐 싶다.

"희헌이 뜻대로 목적이 제한된 삶인 게 좋아? 바다 키우는 게 인생의 전부인 거."

서광은 뭘 물어보냐는 듯 가자미 눈으로 흘겨보았다.

"싫겠냐?"

"나는 아마도?"

"그럼 결혼을 안 하면 되는 거고. 난 좋아."

"결혼한다고 자기 인생이 완전히 사라지는 건 아닌데… 넌 사고 나고 나서 지금까지는 쭉 그런 편이니까."

"나 말고도 대부분의 부모는 목적이 제한된 삶을 살아. 애 키우기가 끝나면? 몰라. 손자나 손녀를 위해서 살겠지.

바다는 결혼 생각이 없다고 사춘기 시절부터 못을 박았을 텐데. 이 집의 역사를 잘 아는 사람으로서 해줄 말이 있었지만, 바다의 마음이 지난 4월과 같음을 들었으니 자네와 괜히 싸우지 않고 영원히 침묵하기로 했소. 내 내면의 목소리는 엄숙하게 피츠윌리엄 다아시처럼 친구 앞에서 침묵의 맹세를 했다. 내면과 발화를 분리하는 이중사고가 가능해진 건 제3의 유성 때에 와서인데…, 이런 생각 하지 말자. 세 번째 유성은 고등학교 여름방학 해외여행에서 그 모듈을 갖고 싶어 하는 강도에 의해 사고를 당했다. 나는 사고 기억을 유실한 채 제4의 유성으로 살고 있다.

내면으로 침전한 자아가 다시 언덕의 칼바람의 서늘한 추위를 느낄 만큼 외부로 마중 나왔을 때쯤, 서광이 아직도 딸의 미래 이야기를 하고 있길래 나는 다시 내 내면으로 들어가 우울한 생각을 하고 있어도 되지 않을까 잠시 고민했다. 불행히도 너무 추워서 딴생각에 다시 빠지는 일은 없었다.

"물론, 난 바다가 만에 하나 우연히 좋은 사람을 만나서, 만에 하나 우연히 가족을 꾸리고 싶을 수도 있고, 만에 하나 우연히 바다가 입양을 하거나 아이를 가지게 된다면 운 좋게도 그때도 내가 있을 때를 말하는 거야. 절대 강요하지 않아요."

"외우고 다니니?"

서광이 고개를 끄덕였다. 당연하지. 애들의 부모 저항이 발전하는 만큼 부모의 길고 긴 회피조항도 발전하는 법이다. 이럴 때는 자식 없는 처지로서 바다의 편을 좀 더 들어주고 싶었지만, 서광이랑 싸우려고 온 건 아니어서 자갈밭에 구두코만 찍었다. 잘그락, 잘그락.

"고생 많다."

"육아가 원래 그래."

"그래도 바다도 다 컸는데."

"다 커도 애지."

"나이 좀만 더 늘면 너만 하겠네."

　나는 자갈밭에서 고개를 들어 영원히 서른 살 직전에 멈춘 젊은이를 바라봤다. 앞머리가 바람결을 따라 흔들렸다. 겨울바람에 눈을 가늘게 뜰 일이 없는 새까만 동공과 눈이 마주쳤다.

　어제 만난 박명은 젊은이 같은 패션 감각을 유지했지만, 마흔 중후반의 주름이 입가와 미간에 깊어지고 있었다. 매일의 차이는 없어 보이지만 찬찬히 시간은 흐른다. 언젠가는 박명도 피부이식을 받겠지만, 지금은 아니었다. 나는 너무 젊어 보이려고 애쓰는 것은 어색해서 내 나이대치고는 동안인 어딘가로 합의를 봤다. 그러나 내 눈앞의 젊다 못해 아직 앳된 청년의 목소리는 어쩌란 말인가. 죽기 전의 서광에 대해서 바다는 항상 선을 긋고 이 안드로이드가 자신의 아버지인 것으로 족하다고 크게 말하곤 했지만, 가끔은 죽기 전의 아빠가 지금의 아빠와 얼마나 다른지 궁금해한다는 걸 나는 알았다. 정작 그 기록을 가장 생생하게 뇌에 기록해놓은 나는 죽기 전의 서광에 대해서 해줄 말이 많이 없었다. 네 아버지는 네 눈앞의 저 남자와 같았다고. 하루도 지나지 않은 목소리라고. 네 아버지는 너를 위해 한참 전에 흘러가 떠나보내야 했을 시간이 멈춰 있다는 말 밖에는.

"나보다 나이 들어도. 일흔이 돼도 내 애기지."

이제 바다와 서광은 나이 차 많은 남매로 보였다. 몇 년 후에는 또래로 보일 것이고, 더 시간이 지나면 서광은 자신이 가지지 못하는 나이를 어린 딸의 얼굴을 볼 때마다 발견하겠지. 그건 내가 경험할 수 없는 종류의 삶이어서, 나는 서광을 이해하는 척도 할 수 없었다. 그래서 물어야만 하는 것이다.

"그 만약에 말이야. 그 모든 일이 끝나면 어떻게 하고 싶냐."

서광은 손을 패딩 주머니에 넣고 어깨를 으쓱이기만 했다.

"언젠가 네가 더 이상 필요 없다고 하면…. 어쩔 셈이야?"

"글쎄. 너라면 어떻게 하겠어. 난 모르겠다. 아니지. 그게 이미 너지."

서광이 미안하다고 덧붙였다. 나는 자갈길을 계속해서 걸었다.

　"난 가족이 없으니까."

　할머니도, 부모님도 돌아가시고 나서 누군가가 애정을 쏟을 대상으로서 나는 더 이상 의무적으로 필요하지 않게 되었다. 사자(死者)를 재현하는 재현물로서 존재하게 된 안드로이드가 첫 번째 목적을 다한 것이다.

　유성에 대한 권한은 유성 본인에게 있다. 그러나 그건 법인권을 온전히 가진 인간으로의 유성에게 있는 권한이라…. 안드로이드는 죽은 유성이 가진 권한을 넘볼 수 없었다. 같은 명의를 쓰면서도. 나는 신탁을 건드릴 수 없고, 나의 생명과 관련된 기업 계약 사항을 건드릴 수 없다.

　내가 내 삶과 도달할 수 없는 죽음에 대해 골몰해 있는 사이, 서광은 자신에게 언젠가는 닥쳐올 운명을 이제야 들여다보기 시작한 듯, 우리가 적송이 빽빽한 언덕길을 내려가는 동안 내내 말이 없었다. 솔잎들 사이에서 갈 데 없이 휘청이던 바람이 내 짧은 머리카락을 헤집고 귓바퀴에 맴돌다 사라졌다.

추위는 내 저항에도 천천히 몸을 식히고 탄소강으로 된 뼈는 이미 아주 천천히 스며든 한기에 반쯤 점령당했다. 말을 하지 않으면 입술이 굳을세라 입을 오므렸다 펴는 동안 운동화와 구두가 저벅저벅 쌓인 마른 솔잎을 짓이기는 소리와 먼 데서 멧비둘기가 구-구오 구-구 우는 소리가 언덕 위를 점령하고 있다가 나무들 사이로 결을 내며 흩어지는 바람 소리가 저벅이는 발소리를 묻었다.

"내가 죽고 싶은 날이 오면⋯."

그 말이 내 입에서 나온 말이 아니어서 나는 잠깐 청각 센서를 의심했다. 바람이 너무 불어 잘못 해석한 것일까? 무언가를 '주고 싶은' 날이 왔다거나 하는 문장을.

"바다한테 내 죽음을 결정지어 달라는 말을 내가 할 수 있을까? 모르겠어."

끝에 아무것도 남지 않는다는 것은 서글픈 일이야. 서광이 한숨 쉬듯이 말하며 자기 나이만큼 먹었을 소나무 등걸을 하나 찾아 기댔다. 서광은 이 언덕을 바로 내려가고 싶지 않은 모양이었다. 내려가면 이 대화도 끝이 나니까.

"언제 바다가 다시 나를 찾으면…, 어느 날 걔가 문득 아빠가 보고 싶어지면 어떻게 해?"

옛날 사람들은 어떻게든 헤어지는 방법을 배웠다. 그것이 피할 수 없는 일이어서 그랬을 것이다. 하지만 피할 수 있게 되면서 헤어지는 방법을 배우는 대신 영원히 도피하기만 했다. 내 평은 그랬다.

"바다가 유럽 여행 다녀왔던 게 대학 입학하고 1학기 직후 반년이었어."

"아. 연락 안 된다고 서광이 네가 엄청나게 징징거렸지."

"바다가 더 커서 독립하면 나는 아마 그것보다 오랫동안 혼자일 거야."

그걸 위해서 저축해둔 돈도 있지만. 서광이 말을 보태며 팔짱을 끼고 콧잔등을 찡그렸다. 은퇴는 별로 달갑지 않은 일일 것이다.

"1년에 한두 번 찾아오는 날 때문에 살겠지. 자주 그리워하고. 자식은 부모만큼 그리워하진 않으니까 바다는 잘 살 거야. 사실… 바다 마음은 핑계야."

"너도 아는구나."

바다가 자기를 보고 싶어 하기 때문에 영영 살아

있겠다는 건 억지라고 서광이 인정했다. 하지만 바다가 계속 보고 싶어서 살아 있겠다고도. 그리고 그 아이가 나이 들어… 다른 방식으로 사는 대신 자연사하기로 결정한다면. 우리는 그런 말을 하지는 않았지만 둘 다 그런 생각을 하고 있기에 한 사람은 산책로 한가운데서, 한 사람은 나뭇등걸에서 오래도록 움직이지 않았으리라.

"죽으면, 우리 삶이 끝나고 모든 데이터가 말소되면 말이야, 희헌이나 바다를 그리워하는 마음조차 존재하지 않겠지. 그건 좀 슬프네. 내가 누군가를 정말 아끼고 사랑했다는 사실이 사라지는 것 같잖아."

서광은 세상 사람들이 천국이라는 믿음을 만든 이유를 알 것 같다고 말했다. 그런 존재 없이는 우리 삶은 너무 짧고 불완전해서. 죽으면 다시 희헌을 만나러 가는 거고, 다 큰 바다와는 잠깐 이별하는 거라고. 그런 일종의 믿음을 가지면 끝이 덜 외롭고 덜 초라하고 덜 슬픈 것처럼 보여서.

"유성아."

"어."

"되도록 죽지 마라."

"음⋯."

"그 카페도 탈퇴하고."

서광이 마지못해 덧붙였다. 서광이 날 생각해주는 걸 나도 알았다.

하지만 삶은 너무 길었다. 삶이 삶 이후에도 길고 길며 길어서 비참하고 비루하게 느껴질 때까지도 종막을 맞이하지 못하고 길기만 한다면. 언제쯤 그게 끝이 날까, 친구야. 나는 다른 사람보다 조금 더 일찍 질린 것뿐이야. 그 말을 서광에겐 하지 않았다. 싸우고 싶은 밤은 아니었고, 이미 저녁에 한차례 호밀 빵과 순두부로 호되게 값을 치렀지 않은가.

나에게 죽음은 안식이었다. 아마 나와 서광은 서로 이해하지 못할 것이다. 왜 죽음이 그토록 슬픈 일인지. 혹은 왜 죽음이 진정 쉬는 일이기에 슬퍼할 필요 없는지. 나는 위장에 있는 걸 토해내서 말할 수 없었고, 서광의 뱃가죽 안에는 위장이 없었다. 살아 있는 사람들은 종종 질시하지만, 우리는 너희보다 오래 사는 사람이 아니라 그저 죽을 수 없는 사람들이야.

반쪽만 뜬 창백한 달이 언덕 사이로 숨고 나서,

별이 너무 일찍 움직여서 별이 아니라 우주정거장인 것을 알아챌 때쯤에 우리는 아파트 입구에서 헤어졌다. 대화로 깊어진 밤이었다. 이틀 연속 집에 늦게 들어가고 있었다. 그래도 곧 주말이니 다행이었다.

대화 내내 내 죽음이든, 누구의 죽음이든 전혀 찬성하지 않았지만, 권리에 대한 이야기는 서광도 진지하게 받아들인 모양이다. 서광은 헤어지기 전에 상현의 이름을 꺼냈다.

"곧 세미나가 있어. 스타트업 라운지에서 김상현이 주최하는 거."

나는 앓는 소리를 냈다.

"나 기술 어쩌고 진심 싫어하는데."

들어 먹히지 않을 앓는 소리였다.

"직장인들도 오는 세미나라 주말에 열려. 토요일 2시일 거야. 아마도."

역시 하나도 안 들어 먹혔다. 나는 부러 한숨을 크게 쉬고는 피부 센서를 두드리며 어디서 하느냐고 물었다.

"요 근처. 성수에 있는 소셜벤처 라운지에서."

"그런데 상현이가 하는 일은 왜? 또 본인이 생각

하기에 재밌는 사업 하겠지. 돈 많이 벌겠네."

"지금의 유성이 네가 원래의 송유성만큼 법인권이 없는 건 나도 아는데, 새로운 계약을 체결하는 건 할 수 있지 않냐."

"종류마다 다르지."

서광이 장바구니 이야기를 했다.

"물건을 구매할 권리는 안드로이드에게도 있잖아."

"그리고 물은 축축하고. 한글은 세종대왕이 만들었고. 더 당연한 이야기할 거면…"

"상현이 하는 걸 좀 알아보지 그래. 사후세계 세미나야. 산 사람들 사이에서 사는 게 정 힘들면, 죽은 사람들 사이에서 사는 것도 답이 될 수도 있고. 네가 덜 우울했으면 좋겠고. 그래."

오, 김상현 만나기 싫은데. 하지만 서광의 말에서 희미한 실타래를 잡았다. 구매하는 건 된다. 난 뭐든 지갑 사정이 되면 살 수 있다. 사후세계 서비스 같은 거. 서비스를 이용하려면 죽어야 한다. 그래 그렇지. 하고 싶어 하는 걸 위해서 하기 싫은 것도 해야 하는 게 어른이라고, 젊은 안드로이드가 훈계하는 걸 들으며 헤어졌다.

"가서 알아는 봐. 죽지는 말고."

"…고맙다."

"고마우면 입금해."

"어 안 해."

내가 짓는 건 미소가 아니었다. 그냥 날이 너무 추워서 입술이 말려 올라간 것뿐이야. 돌아 오는 길 지하철의 흔들림에 맞춰 천천히 흔들리면서 나는 집에 가서 고를 바다 생일선물을 생각했다. 저녁 식사 한 끼와 서광의 의도만큼은 친절했던 걱정과, 으깨진 두부 때문에 먹게 된 참나물 두부무침도 갚아야 할 빚처럼 가슴게에 남아 있었다. 바다의 위로에 대한 나이 든 어른의 자본주의적 보답인 걸 알았지만 바다나 서광이 나에게 상담을 해온다거나 해서 감사를 돌려줄 수도 없는 노릇이었다.

집에 돌아가면서 바다가 좋다고 SNS에서 표시한 선물 리스트들을 구경했다. 생일에 저택을 갖고 싶다고 했네. 이건 인형의 집이 아닌 이상 어렵지. 스포츠카. 이것도 내 월급으로는 미니어처나 사줄 수 있겠다. 헬리콥터. 한도 되는 신용카드만 있으면 헬리콥터를 사이트에서 팔고 살 수가 있구나. 요즘 애들의 농담 감각은 이해하기 어려워서 난감하게 리스트를 확인하다가 일렉트릭 기타를 갖고 싶어 했다는 게 기억났다. 기타는 괜찮지. 내가 어떤 걸 사줘야 할지, 같이 할 앰프로는 뭐가 좋은지 나는 꽤 잘 알고 있었다. 흔한 선물 사이트 대신 잘 아는 브랜드 페이지로 넘어갔다. 일요일에 방문할 가게가 두어 개 생각났다.

3

제3의 친구, 상현(上弦)

   '모든 사람은 정말 비슷해요. 그러나 다행히 그것을 모르는 것 같지.'

   제인 마플 양의 입을 빌려 크리스티가 말했듯이, 작은 시골 마을에서 보는 인간 군상들을 대도시에서도 다시 발견할 수 있다. 걸친 옷만 좀 달라질 뿐이다. 2호선에서 내려서 인파들을 헤치고 걷고 있으면, 확실히 그게 무슨 뜻인지 알게 될걸. 일주일 안에 사람 많은 곳을 세 군데나 돌아다니는 건 좀 질리는 일이었다. 2호선은 잘도 도네 돌아가네. 주말에도 내리는 사람이 많았고, 떠밀리듯이 걸음을 옮겼다. 카페와 소품 상점이 뒤섞인 거리를 지나서 골목을 돌아 도착했다. 사후세계 세미나가 열리는 건물에. 오프라인으로.

도착한 붉은색 건물은 한때 음악을 하던 내가 질리도록 드나들던 빌딩이었다. 물론 그 속은 내가 그땐 이랬다고 말하기 민망할 만큼 많이 바뀌어 있었다. 기억과 달리 세미나실은 10층이었고, 수요일 저녁이면 라이브 음악을 연주하는 카페였던 세미나실에는 꽤 많은 사람이 들어왔다. 어떤 붙박이 가구들은 쿠션만 달라지고 그대로인 데에 감사하며 익숙한 구석 자리에 자리를 잡았다. 자리에 앉자마자 넓은 잎의 극락조가 시선을 슬며시 가려주는 위치로 옮길까 했지만, 시작 시간이 가까워졌으므로 그대로 앉아 있기로 했다. 온라인으로 보는 사람들이 더 많겠지만, 시대가 아무리 흘러도 시간을 내서 어떤 장소에 참석한다는 건 형식적인 의미가 있었다.

큰 키만큼 큰 목소리 덕에 어디 있는지 모를 수 없는 상현의 주위로는 이미 사람이 너무 많아 나는 부러 아는 척하지 않았다. 자리를 잡고 멋쩍게 한때 알았다고 생각했던 공간을 둘러보았다.

'소셜벤처 얼라이언스 커피클럽 994회차: 훨씬 더 공공적인 죽음'

부제에 어울리게 나이 든 쭈글쭈글 주름진 얼굴의 사람들이 10층에 도착했다. 그중 몇몇은 아주 젊은 얼굴이었다. 젊은이들은 자신의 할아버지나 할머니, 혹은 부모 때문에 여기 왔으리라. 유기물 신체를 가진 사람들 사이에서 나 홀로 실리콘 턱 인대의 장력을 실험하면서 이를 소리 나지 않게 딱딱거리는 건 시간 때우기 유용한 방법이었다.

툭, 하는 둔탁한 스위치 소리와 함께 라운지의 불이 꺼지고, 창문이 불투명해졌다. 희미한 자연광도 사라진 넓은 홀에서 푸른색 PPT가 전면에 나타났다. 나방들처럼 푸른빛에 이끌린 눈동자들의 시선이 가운데로 모였다. 몸은 자리에 붙고, 영혼들은 홀 가운데로 다가가면서.

'청색 계열의 PPT에 강조색은 흰색 혹은 노랑. 강한 대비와 세련된 느낌, 굳이 열정이나 위급함을 보여주려는 상황이 아니면 적색 계열은 지양하고, 비즈니스에 적합한 색이니 보편적으로 사용해.'

상현은 홍대 롤링홀에서 공연하는 대신 뒤늦게

을지로 직장 전선에 뛰어든 내게 조언해준 기본을 그대로 사용하고 있었다. 어떤 흔적들은 우리를 아주 과거로 여행하게 한다.

"제목은 신경 안 쓰셔도 됩니다. 기술일 뿐이니까요. 같은 기술을 어떻게 쓰냐. 부제가 말해주죠. 공공성이라고. 저는 왜 우리의 죽음이 사유화되었는지. 거기서부터 말할 겁니다. 물론 예전부터 죽는 데는 돈이 많이 들어요. 20년 전 자료를 볼까요? 장례(葬禮)부터 장묘(葬墓)까지 총 장의비용은 평균 1,380만 원입니다. 3일 동안 죽은 사람을 보내면서 차 한 대 값을 같이 태웠어요."

그 말에 괜히 제주에서 사비를 털어 무연고자 장례를 치러주던 어떤 언니를 기억했다. 숨 쉬는 데 돈이 들듯이 숨을 멈추는 데도 돈이 들었다. 상현이 우연히 내가 있는 방향을 보며 장표를 넘겼다.

"우리는 이제 더 이상 장례에 돈을 쓰지 않습니다. 그러면 죽은 사람을 계속 이승에 붙잡아두는 데 평균적으로 돈이 얼마나 들까요?"

자신만만한 자세의 친구를 단상 위에서의 보는 건 어색한 일이었다. 상현이 칠레 국립공원을 뛰어노

는 과나코처럼 생겼던 학창 시절, 데모데이에 지겹게 나가던 모습은 도리어 익숙했다. 상현은 대학에서 항상 두꺼운 회색 기모 후드 티에 조거 팬츠 차림이었고, 수업 시간에는 캡모자를 벗으라는 교수님의 말에 모자를 던지듯 내게 맡기고는 납작하게 눌린 짧은 머리를 그제야 어떻게 해보려는 친구였다.

지금처럼 연하늘색의 셔츠 차림에, 그때보다 나잇살이 붙은 나이 든 남성은 연말 회식 자리나, 서광이 녀석 결혼식 때나, 바다 돌잔치 때에나 어울리는 모습이었다. 아무리 멋져 보이려고 애써도 처음 남은 인상을 빡빡 문질러 지울 순 없다는 뜻이다.

"우리는 20세기에 병을 치료하던 시절을 넘어서서 21세기에 들어서서 수명을 늘리는 데 집착했어요. 적어도 부유한 국가들은 의학의 목표가 바뀌었죠. 더 나은 인생. 더 긴 인생. 현대에 와서 더 긴 인생이란 다음과 같은 것들을 의미합니다. 첫째, 인체 장기의 교체. 둘째, 전신 장기의 교체와 신체의 복제. 셋째, 추모를 위한 한 사람의 기억과 인격의 재현. SNS 계정에서 고인의 평소 대화 패턴을 학습하는 데서부터 출발했죠. 세 번째 기술은 두 번째 신체 복제 기술에 영향을 주게 됩니다. 뇌라는 장기에도 인격을 일종의 알고리즘으로 보고 삽입할 수 있을까요? 그 방향은 두 가지로 결실을 보았죠. 복제된 유기물 신체와 다섯 번째, 실제 사람의 인격이 있는 무기물 안드로이드로요."

오늘의 시도는 꽤 좋았다. 사람들이 더 몰려도 되었을 텐데. 사회적 경제 업계에서 시작된 일은 항상 찻잔 속의 태풍처럼 더 큰 대중의 관심을 받기 요원한 일이었으므로 뒷목을 긁으며 또 몇 년 후에는 다들 처음 보는 듯 호들갑을 떨며 이 아이디어를 SNS 피드가 받아들이겠지 싶었다. 2백 명은 많았지만 적었다. 상현이 말하고자 하는 내용에 비해서는.

눈 앞의 좀 재수는 없고 근거는 있는 자신감에 차 있는 친구는, 글쎄, 억만장자가 될 수도 있었다. 이런 일로 돈을 버는 사람은 많았다.

한국 말고 미국에도. 스위스나, 브라질이나, 케냐에도. 단지 오늘 이 자리에 사람들이 온 까닭은 상현이 설계한 사후세계를 비싼 값을 주고 상품처럼 파는 대신 사후세계에 존재할 수 있는 방식을 프로토콜로 배포함으로써 '적당한 기술 접근성을 가진 사람이면 누구나 자신의 사후세계를 설계할 수 있어서'였다.

"오늘날에 와서, 가장 큰 제약회사들은 장기를 만들고, 가장 큰 자동차와 민항기 회사들은 안드로이드 부품을 만듭니다. 스타트업들이 할머니 할아버지들을 언제든지 만나러 갈 수 있는 추모형 SNS 계정에 관한 기술을 발전시키는 동안, 대기업들이 더 안정적인 사후세계 서버를 유지할 수 있는 걸 장점으로 내세웠죠. 연금이 나오지 않는 사후에 관해서, 많이 잡아도 전 세계 일곱 개 기업이 우리의 노후를 책임져요. 물론 그게 건강한 구조라고 믿는 사람은 거의 없습니다."

상현과 눈이 마주쳤다. 기업에 유지비를 다달이 내는, 죽으면 돈이 되지 않아서 필사적으로 살려놓는 내 무기물 신체를 너도 보았니? 너도 이 발표를 준비하며 내 몸을 생각했니?

"어떤 기업이 누군가의 사후세계를 소유한다는 건, 기업이 생명을 소유하는 것과 같습니다. 사자(死者)가 존속하는 동안 지속적으로 이득을 취할 수 있는 다양한 결제 상품 사이에서…"

상현은 나를 단상에서 설명하고 있었다. 그래서 놀랐다. 누군가 감히, 눈을 마주치면서도 상대를 소비할 수 있는 건 얼마나 무딘 심줄을 가지고 있어야, 얼마나 친구를 이용하는 데 거리낌 없어야 하는 건지 난 영영 알지 못할 예정이어서.

"이 분산화 프로토콜은 여러분에게 살아 있는 사람들과 같이 성수동을 돌아다니도록 하진 않아요. 그런 기회는 여전히 부유한 소수의 생명 연장 신체에게 주어진 특권일 겁니다. 하지만 어떤 식으로든 삶을 지속할 수 있어야 하는 권리는…."

상현은 정치인의 두꺼운 얼굴 거죽을 가지고 있었고, 나는 그 앞에서 먼저 표정이 얼굴에 나타나는 사람이었다. 내 죽음을 말할 때도 그 자리에서 가장 먼저 일어선 건 나였고, 상현은 끝내 자리를 뜨지 않았다. 또 그러고 싶지는 않아 겁에 질린 토끼처럼 움츠러들고 고개를 숙여서 여기를 빠져나가고 싶어 하는 척추뼈 하나하나를 제자리에 붙들어 매고, 나는 운동화가 아스팔트에 붙은 사람처럼 무겁게 발을 바닥에 붙이고 앉았다. 상현이 어디까지 이 이야기를 이어 나가는지 알고 싶어서.

내가 울면서 회사라니, 난 정말 회사에 가기 싫다고 술을 마시던 날에 아마 상현과 처음으로 제일 크게 삐걱거렸을 것이다. 나이 서른이 넘도록 돈 안 되는 예술을 할 수 있는 것부터 특권이었다고, 그 특권을 내려놓는 게 죽을 일은 아니라고 면전에서 말하는 사람과 우정을 지속하기란 어려운 일이었다. 상현은 말을 가리지 않는 사람이었다. 어떨 땐 그게 믿을 수 없을 만큼 든든했고, 어떨 땐 맨발로 게딱지과 패각(貝殼) 사이를 걷는 것만큼 아팠다.

발표가 끝났을 때쯤엔 몇 사람이 질문을 하겠다고 남았고, 상현이 그들을 하나하나씩 붙잡고 대화하고 돌려보낸 끝에 나는 상현이 못 본 척 훌쩍 떠나버릴까 봐 외진 자리에서 일어나 상현의 시야 근처에서 알짱대려 했다. 예상치 못하게, 상현이 더 빨랐다.

"밥 뭐 먹을래?"

내 쪽으로 고개를 돌리곤 상현이 저녁 약속이라도 이미 있는 사람처럼 굴기에 헛웃음을 지었다.

"아직 오후 4시인데."

"서점이나 들렀다 가자고."

"글쎄. 그냥 짧게 대화하러 온 거라."

"그래, 그럼."

상현은 팔짱을 끼고 내 쪽에 있는 탁자로 몸을 기울였다. 할 말을 기다리는 태도였다. 내가 여기 오늘 오는 것과 관련해 서광이 어떤 말이라도 남겼나? 아니면 으레 하던 대로 행동하나? 고민을 해도 혼자 계산해서는 답이 나오지 않는 문제였다.

"안 바빠?"

"바쁘지."

상현이 손목시계를 보자 나도 따라서 거꾸로 상현의 손목시계를 들여다봤다.

"아, 다음 약속 있으면 방해는 안 할게."

"요즘은 뭐 해?"

"그냥 남의 PPT 만들지. 너 발표 자료 잘 만들더라."

"자료는 그냥 만드는 거고."

침묵. 불투명한 바닷물 속에 굵은 모래들이 애써 떠올려도 금세 바닥으로 축 가라앉듯이 침묵. 입을 벌리고 몇 번 말하려고 열긴 열었는데 어디서부터 말하나 싶어 다시 생각을 밭처럼 고르고 있자 하니 먼저 평형 상태를 깬 건 상현 쪽이었다. 빙빙 돌려 입을 떼면 본론. 본론만 가지고 자꾸 찔러 들어왔다. 어차피 그것만 말하기도 바쁜 세상이니까.

"차여서 착잡한 전 여자친구처럼 굴지 말고 본론이나 말합시다."

"넌 비유를 해도 그런 걸 하냐."

"차인 건 맞지."

"너에게 차인 건 아니지. 차여도 백야한테 차인 거지. 그리고 오늘은 그 일이 아니지."

"비유지."

"비유라고 해도 좀 자존심 상하지."

"그럼 착잡한 표정으로 시들시들하게 구석에 박혀서 '알아줘요. 여기 좀 봐줘요.' 하는 눈빛을 2시간 동안 쏘면 안 되지. 유성 씨."

대화에 망조가 들었다는 걸 알지만 이 대화는 멈출 수 없었다.

"음."

내 할 말 떨어진 '음'에 '그럼 가봅니다' 하는 몸짓으로 상현이 기댔던 탁자에서 일어나자 내가 일어서서 붙잡았다.

"오늘 발표에서 나를 무슨 부유한 사람들의 욕망

이 만들어낸 무시무시한 결괏값처럼 말하는 거 약
간 기분 나빴어."

상현은 그냥 눈썹을 치켜올리고 '그리고?'라고 물
었다.

"그건 와서 내 말 듣고 생각 난 거겠지. 야. 유성
아, 처음에 여긴 왜 왔어."

나는 얘의 추리력이 마음에 안 들었다. 친구들은
그냥 내가 속이 투명하게 보일 만큼 느리다고 했으
며, 난 할 수 있는 모든 외부 탓을 하다가 그냥 내가
그렇다고 인정했다.

"어, 음. 물리적으로 동작할 수 있는 신체 없이 죽
어야만 사후세계 서버를 이용할 수 있는 거지?"

"그렇지."

상현의 세미나는 기술만 아니라 거시환경분석
(PEST)에 속하는 법률 환경도 다 짚어줘서 마케팅
적으로도 만족스러웠다. 상현과 데면데면 친구로 지
낸 세월이 20여 년. 베짱이도 사업기획서 쓰는 재주
를 배우게 되었다.

"지금까지 법률에서 사후세계 서버로 갈 수 있는
건 죽은 사람밖에 없고, 산 사람은 일부러 죽을 수

는 없는데 '법률이 정하는 죽음'에는 일단 나도 있단 말이야. 첫 번째 유성이 죽으면서 법인격이 말소됐지. 근데 난 안드로이드와 관련된 하위 법으로 유성의 재산이자 사후 재산 관리 법인을 끼는 형식으로 애매하게 일부 권리를 사용하고 있고."

"그리고 네가 사후세계 프로토콜에 접속하기 위해서 지금 가진 신체를 소각장에 넣고 자살하려는 건 내가 막겠지, 상식적으로."

"난 내가 원하는 건 뭐든 살 수 있어. 그리고 기업에 선금으로 넣은 입금 금액이 부족해서, 서버 비용 유지할 수가 없어서 내가 소멸하는 거면 타살이야."

"타살을 의도적으로 계획하는 거면 자살이지. 갱단에 자발적으로 걸어 들어가는 걸 요새는 뭐라고 부르더라? 고건 나눠주시지요. 유성 씨."

안경을 벗고 자기 코와 콧대를 한 손으로 꾹꾹 잡아당기던 상현은 크게 숨을 들이쉬고, 다 들으라는 한숨 대신 천천히 소리 없이 숨을 뱉다가 세미나 했던 자리를 정리하고 불투명했던 창문을 되돌려놓았다. 겨울의 비스듬한 태양이 깊숙이 칼처럼 창문을 뚫고 10층 전체로 퍼져나갔다. 긴 그림자가 나와

103

상현 옆에 졌다.

"이미 배포용 프로토콜에 명시해놨어. 너 같은 애가, 아니 정확히는 네가 쓸까 봐."

상현이 단상 앞에서 마이크를 만지작거리며 주먹을 쥐었다 푸는 동안 나는 남아서 이야기를 좀 더 하고 싶은 감정과 당장 여기서 나가 엘리베이터를 타고 지하 80층 정도로 내려가고 싶은 마음이 둘로 나뉘어 싸우고 있었다. 내 내부를 빗자루질하듯이 그러모으느라 상현에게 한 박자, 아니 세 박자 정도 느리게 반응하고 있었다. 상현의 목소리는 그동안 차근차근 고조되어 갔다.

"난 내가 뭔가를 만들어내서 사람들이 잠깐 좀 더 사랑하는 사람들과 재회하고 잠깐 더 자유롭길 바라지만, 그게 자유롭다는 착각이더라도 말이야, 잠깐이라도 더 행복하라고 이런 일을 해. 돈 안 되는 거 아는데. 그래서 회사에서도 그만하라고 하지."

김상현 이사님이 회사에서 대단한 사람인 건 저도 알지요. 근데 내가 그냥, 단 한 번만 내가 사는 거 마음대로 하자고. 친구야. 나 그냥 이기적이고 못나서 미안한데. 근데 그게 나란 말이야.

"그런데 또 내 제품을 내놓는 거랑 탈중앙을 위해 분산형으로 프로토콜을 내놓는 거랑은 달라. 프로토콜은 서비스와 달라. 사용자들이 내가 의도한 대로만 사용하진 않겠지. 잘못 사용하는 사람들도 있을 거고. 사람들이 이용하면서 자기만의 규칙을 세우고 추가하고 변형하겠지만 기본적인 가이드라인은 내가 만들어놓는데 넌 그걸 위반할… 듣고 있어?"

"어. 듣고 있어."

노려보며 쏘아붙이는 말에 반사적으로 나온 말은 둘 다 친절하지 않았다.

"설마 했어. 유성이 네가 저번에 혜화 카페에서 말한 걸 기억하면서도, 곧 발표하기로 한 프로토콜에 추가로 명시하면서 설마 했다고. 내가 만든 프로토콜로 네가 기껏 하는 일이 자살이란 게 믿을 수가 없어."

"김상현, 내가 그때 가볍게 말한 거로 들렸다는 거 아는데."

"우리가 친구였던 적이 한 번이라도 있다면 날 네 자살용 도구로 쓸 생각은 하지도 마. 생각이 있었다면 접어. 그딴 아이디어 열두 번 정도 접어서 태워버려."

상현은 내가 말할 틈을 주지 않고 말을 쏟아냈다.

"네가 방금 그 머리로 생각한 다음에 나에게 물어볼 생각까지 한 이게, 내가 세미나에서 널 청산해야 할 시스템의 일부분처럼 언급한 것보다 객관적으로 더 기분 더러운 일이니까. 야. 내가 친구긴 해? 넌 친구한테 널 죽여주고 시체는 어디다 던져버리고 법적으로 문제없게 정리해달라고 이야기하는 게 정상 같아? 그게 네가 친구 사이에서 바라는 일이면 난 더 이상 네 친구 아니야. 난 그런 빌어먹게 멍청한 친구 둔 적도 없고."

항상 냉정하기만 했던 사람이 이러는 건 본 적이 없었다. 분노라는 장기를 절제 당한 친구가 더 이상 예전의 청년과 완전히 같을 수는 없듯 내가 알지 못하는 다른 사람을 보는 것 같았다. 텅 비고 둘만 남은 세미나실에서, 비워 달라고 사람이 올지 모른다는 생각으로 문득 입구를 보자 상현이 시선을 칼같이 잘라냈다.

"주말이라서 사람 안 와. 내가 내려가면서 키 반납하는 거로 끝나."

"아."

상현은 단상 위에서 주먹을 풀었다 쥐었다 하다

가, 나무 단상을 두어 번 두드리다가 똑바로 내가 있
는 세미나홀 계단 구석 자리를 올려다봤다.

"유성아, 대화 좀 하자."

"네가 하고 싶은 말이 뭔지 알겠어. 미안해."

"이야기 끝내려고 대충 하는 사과 말고. 네 말은
안 했어. 이리 와."

내가 답이 없자 상현이 내가 가? 하고 덧붙이고
나서야 나는 물먹은 솜 같은 몸을 이끌고 상현에게
터덜터덜 걸어갔다. 높이 차이가 낮은 단을 두어 개
내려가자 내 뺨에도 노을빛이 닿았다. 하늘이 점점
더 주홍빛으로 물들고 있었다. 상현은 음료수를 내
게 건넸다. 오늘 연사로 서면서 받은 음료수였을 것
이다. 사람한테 물은 필수지만 나에겐 아니었다. 네
몫을 내게 양보할 필요는 없어 상현에게 돌려주었
다. 괜히 서러워 이름을 불렀다.

"김상현."

"뭔데."

"너희 말고는 나 사람 취급 하는 사람 별로 없다."

나도 나에게 안 그래. 어디 가서 무시당하고 차별
당하고 산다는 건 아닌데. 이게 완전히 같을 수는

없어. 매순간 차이를 느끼지. 부모님이 죽고 나서 처음 자유를 찾은 줄 알았는데 새장 문을 열어줄 주인이 열쇠를 가지고 죽어버린 거였어.

자동차 세일즈맨은 자신의 커피만 들고 왔다. 테이블 위에 있던 반쯤 남아 식어가던 커피 한잔을 떠올렸다. 나는 나도 커피를 좋아한다고 말했다. 그때 그는 내가 그에게 받은 친절에 감사하며 돌아가주길 바래서 커피를 가져왔다. 커피값으로 세일즈맨은 내가 그에게 요청할 일이 없기를 바랐고. 그렇게 그도 거절할 일이 없었으면 했다.

Don't Ask, 안드로이드는 주어진 것보다 더 요구하지 않는다.

Don't Tell. 안드로이드에게 거절할 일이 없도록 한다.

단순한 논리였다.

"유성들이 가끔 너무 미워서 복수하고 싶어."

"널 망가뜨리면서까지?"

"이게 나긴 해?"

나는 나야? 나는 유성이야? 첫 번째 유성을 낳고, 기르고, 사랑했던 사람은 다 죽고 아무도 없다.

그것은 내 메모리 안에서만 존재한다. 거기서 끝났어야 했는데.

나는 연장 당했다. 유성의 유년기를 대신 산 두 번째는 성능이 별로여서 교체당했다. 유성의 십 대를 보낸 세 번째는 성능이 너무 좋아서 질투로 죽었다. 그렇게 나까지 왔다.

상현은 안경을 벗은 김에 품에서 안경 닦이를 꺼내 닦으면서 안경테를 옆으로 잡아당겼다가 돌려놓으며 말을 골랐다.

"왜 넌 그전의 널 받아들이기 그렇게 힘이 드냐? 탓하려고 하는 게 아니라. 그냥."

"난 네가 진짜 좋다. 얼마 안 되는 내 거 같아서."

눈앞의 얼굴이 딱딱하게 굳어져서 대답을 못 내놓고 입을 벌리고 있었다. 왜 저래, 하고 눈을 찡그리려다 상현의 얼굴이 붉어진 것을 보자 이번엔 내 얼굴이 창백해졌다. 아 이런. 내 우정 고백을 그런 종류의 사랑 고백으로 받아들였나 보다. 여기서 뭐라고 대답해야 상대를 울리지도 않고 양쪽 체면도 살리면서 도망칠 수 있나 이런 생각을 아마 하고 있겠지. 나이 들어서 어른스러워진다는 것은 표정을 좀 더 잘 숨긴다는 뜻이다. 상현은 이번에 그렇게 성공적이진 않았지만. 내가 말을 할 때 생각이 짧았다. 저 풍선처럼 부푼 곤란한 상상에 바늘이라도 찔러 넣어 다시 바람을 빼줘야 했다. 나이 먹을 만큼 먹은 입에서 둘 다에게 창피한 소리가 나오려고 하고 있으므로.

"유성아, 일단 정말 감사하고…."

"상현아, 우리 친구들 이야기야. 우리 다섯 명. 자심호흡하고. 얼마 안 되는 내 거 뭐가 있겠냐. 스무 살 이후 친구들 소리 아니겠냐."

"아. 아아. 그렇지. 그렇겠지."

내 몸에서 정말 바람 빠지는 소리가 난 것 같았다. 근 일주일간 내 기억에 있는 제일 얼척 없는 장면이었으나 그 사실까지 지적하지는 않기로 했다. 조금만 더 바람이 빠지면 바람 부족한 주유소 풍선 인형처럼 앞으로 고꾸라질지도 몰랐다. 일단 이 친구는 자신감에 살고 죽는 사람이므로.

"대화가 자꾸 드라마틱해지네."

"그러게. 말 몇 마디 하는 동안 감정이 널을 뛰네. 네 자살 소동은 잊을 만큼."

우리 둘 다 좀 전까지 열을 낸 것이 우스울 정도로 코웃음을 피식하다가 나는 뒷목을 쓸면서 목뼈를 좌우로 풀었고 상현은 내게 돌려받은 음료수를 마셨다.

 "세미나 끝나자마자 네가 쉴 틈 없이 몰아붙인 탓이야."

 "내가 아는 유성은 솔직하게 말하는 대신 혼자 생각 속으로 숨어서 알아서 판단하고 마니까. 그래서 자꾸 찌르는 거지. 네가 감자 포대에 들어가 있어. 감자 포대 어디에 네가 있는지는 모르니 사브르로 막 찔러. 그럼 어디 하나는 진실이 나오겠지."

 "그 진실이 나오는 사이에 내가 피가 철철 나면."

 "감자 포대 밖으로 나오면 병원 데려가줄게."

 "정말 물러서는 법이 없구나."

 "아무리 그런 나라도 급작스러운 우정 고백에는 뒤로 밀려난다는 것도 배웠겠지요."

 "아무렴."

 상현이 킬킬거리길래 나는 입꼬리만 살짝 당겨 웃음 비슷하게 지어 보였다. 대화할 때는 이렇게 어디서부터 말할지 고민할 필요가 없는 게 평범한 일임을 잠깐 잊었던 것도 같았다.

"미안."

"어떤 일에 대한 사과야?"

"내가 죽고 싶다는 말이 너희가 화를 낼 정도로 상처가 됐다는 건 몰랐어."

"넌 지금 자존감이 바닥에 있다 못해 지하를 파고들어 가는 거 같아. 모든 거에 죄송하면서 실은 아무것도 죄송하지 않은데 미안하다는 말을 달고 살고."

"인정할게."

"아무도 널 신경 안 쓴다고 생각하니까 잔인한 말을 하지. 죽겠다는 말. 죽여달라는 말. 그런데 네가 그렇게 '아무도 날 신경 안 쓰니까 자기 자신에게 잔인하게 대할 거야'라는 모드에 들어가 있는 동안 널 신경 쓰는 사람들한테 칼을 뽑고 휘두르고 있는 거야."

상현이 자기 왼쪽 가슴께를 포크로 찌르듯이 집게손가락으로 푹푹 찔렀다. 아야, 하는 가짜 소리를 내면서. 나는 그 손가락 끝을 보다가, 땅바닥을 보다가, 의자를 봤다.

"그 말이 맞는다고 쳐도 난 남을 신경 쓸 만한 여유가 없어서 그랬어."

"안드로이드 우울증 전문 상담사가 있냐. 모르겠다. 찾아줄까."

"지금 검색 안 해도 돼."

상현이 스마트폰으로 검색부터 하려 들길래 나는 손을 내밀어 접으라고 하려고 했다. 훌쩍 상현이 자기 몸을 돌려 내가 닿지 않을 데까지 스마트폰을 쥔 손을 뻗었다. 친구들은 나 빼고 다들 키가 컸다. 팔을 뻗어도 두 뼘 정도 되는 거리나 차이 나는 곳에 있는 물건을 내 손에 쥐기는 요원했다.

"네가 하는 일에 간섭 못 하게 할 거면 내가 하는 일에도 간섭 못 해."

별거 아닌데 선 긋기 시작하니 섭섭하지? 상현이 눈을 맞추고 고개를 들이밀었다.

"나도 그렇고 박명도 그렇고 다들 이렇게 섭섭하거든. 그러니까 되도록 그렇게 답답하게 굴지 마라. 우리가 뭐가 되냐? 우리가 여태까지 친구기는 한가 싶지. 갑자기 그렇게 숨어버리고 혼자 납득 안 되는 결정 들고 와서 우리 반응은 신경 안 쓰면."

"언젠가 다 터놓을게."

"오늘은 아니고?"

"오늘은 아니야."

대신, 하고 나는 말꼬리를 길게 늘였다. 겨울의 저녁은 일찍 찾아왔고 식사 시간까지 같이 하기 전에 헤어지는 게 나았다. 오늘 다 정리하지 못한 말들을 꺼내지 못할 거라면 말이야.

담에 또 모임에서 만나자고 했고 상현은 혜화에선 싫다고 했다. 나는 알았다고, 망원동 같은 소리를 했다가 거센 비난의 눈초리를 받았다. 혜화에서 모일 거다. 우리는 내 미래에 대해선 일종의 금기어가 걸린 것처럼 엘리베이터를 내려왔다. 대신 가벼운 농담, 해 될 것 하나 없는 말들을 주고받았다. 물론 상현에게서 날아오는 건 대부분 뾰족뾰족한 표창 수준의 농담이긴 했지만 꽤나 받아 쳐가며 크게 상처 입지는 않았으니 선방한 셈 치자. 네 뾰족뾰족한 말들은 밤 같은 거였다. 밤송이 사이에 여전히 딱딱한 밤이 있고. 구워서 껍질을 까보면 따뜻하고 부드러웠다. 그걸 알면 그렇게 잔인하고 못되고 나쁜 말들은 아니었다. 따끔할 뿐이지.

5시가 좀 넘은 이른 저녁에 집에 돌아와 냉장고를 열었다. 무른 토마토와 연근, 두유밖에 없었다. 나는 살아 있지 않았는데 한때 살아 있던 것의 목숨을 취하는 사치에 가끔은 희미한 죄책감이 느껴질 때가 있었지만 그렇다고 식사라는 기능을 위해 만들어진 장기들을 다 막아버리진 않았다.

내가 어떤 모습인지 결정할 수 있는 것도 아니고 뭐. 냉동고에 아이스크림이 있긴 한데, 식사는 아니었다. 아, 냉동 해시 브라운이 있네. 먹지 않고 충전해도 되지만 나는 밖에서 사람들과는 늘 식사를 같이 했다. 몸을 숙여 주방에서 깊이 있는 프라이팬을 꺼냈다. 집에서는 요리를 자주 하진 않았다.

불 위에 올린 카놀라유는 잠잠해 보였지만 작은 흰 빵가루 조각을 떨어뜨리는 것에도 파르르 끓었다. 해시 브라운을 튀기면서 기름의 격렬한 반응에 잠깐 팔을 뻗어 한 손으로는 프라이팬을, 다른 손으로는 튀김 젓가락을 고쳐 잡았다. 내 죽음은 나를 아끼는 사람에게 상처였다. 내가 생각했던 것보다 더 누군가를 갑자기 불가해한 분노로 밀어 넣는 상처. 잠잠한 기름처럼 뭔가 투입하기 전에는 끓고 있

115

는지 몰랐기에 더 당황스럽기도 했다.

　나라는 존재를 유지시키는 데는 수많은 비용이 쓰이는데, 그게 그냥 내 전두엽이나 측두엽이 외부 자극에 반응하는 현상을 위해서라면 아깝지 않나. 우리는 존재를 지속하기 위해서 옷을 사고, 병원에 가고, 배를 채우고, 잘 곳을 구해야 하고. 그러기 위해서 용역을 타인에게 제공하고 돈과 교환하고, 사고, 먹고, 자는 데 모든 시간을 다 소진했으므로 연장요금을 내고 다시 연장요금을 마련하기 위해 살고. 더 많이 가지기 위해 더 많이 일하고, 그냥 살아 있기 위해서 살아 있기만 하진 않니. 그런 흘러가는 생각들을 프라이팬 위에 붙잡지 않고 기름이 끓는 동안 멍하니 보기만 했다. 해시 브라운이 예쁜 황금색으로 익었다. 더 바삭한 갈색이 되기 전에 체로 건졌다. 볶아둔 연근이 있음에 감사하며 전자레인지로 데우고는 냉장고에서 나와 차가운 생토마토를 가련하게 쳐다보다가 생으로 먹기로 했다.

　내 손으로 한 저녁밥을 먹으면서, 오늘도 하루가 지나가는구나 싶었다.

　레코드플레이어에 얹을 음반을 고르고 있었는데,

박명의 연락이 왔다. 주말 잘 지내느냐는 안부 인사였다. 박명은 아무리 생각해도 상현과 다시 사귈지도 모른다. 소문이 빠르기가 빨라서 비밀이란 게 반나절을 가지 않는구나. 너네 사귀지.

나 응. 뭐 안 하고 있어. 지금은. [19:09]

박명 저녁 먹었어? [19:09]

나 그래. 아, 맞다. 명아, 저번에 얼마 나왔어? 밥값 내가 안 보내서. [19:15]

박명 내가 사는 거였어. 롤리 기능 테스트도 할 겸. [19:16]

나 다음에는 내가 살게. [19:16]

박명 때 되면 얻어먹을게. 고마워. 저번에 이자카야에서 대화하고 나서 요즘은 어때? [19:17]

나는 인내심이라고는 손바닥 한 뼘만큼도 없는 사람이라서 궁금한 것부터 물어야 했다.

나 김상현이 일러바쳤니. [19:17]

바로 읽자마자 즉답이 안 나오기에 무엇을 말하나 보자는 마음으로 나카모리 아키나 음반을 꺼내고 스마트폰을 든 채로 거실 소파에 양반다리로 앉았다.

> **박명** 상현 씨랑 더 사귀지 않아도 연락은 자주 해. [19:28]
>
> **박명** 아마 현재 사귀는지 여부를 궁금해할 것 같아서. [19:28]
>
> **박명** 다시 사귀는 실수를 반복하지는 않는다. [19:28]
>
> **나** 명아, 돗자리 깔자. [19:45]

80년대 리듬에 고개를 까딱이며 답장하고 앉아 있는 동안 빠른 답변이 돌아왔다.

> **박명** 넌 돈 아깝다고 신년 사주 안 보러 가잖아. 그리고 대세는 애플리케이션이지. 만들 거면 사주 앱으로. [19:48]
>
> **나** 내가 좀 구식이야. [19:50]
>
> **박명** 맞지. [19:51]

아키나의 〈유리 빛의 밤에〉부터 〈사춘기〉가 지나고 노래가 끝날 때까지 짧다면 짧게, 느리다면 느리게 박명과 대화를 했다. 주말 밤에도 일을 한다길래 답장이 없는 동안에는 손톱으로 액정을 두드리며 박자를 잘게 쪼갰다. 잘 모르는 일본어 가사는 대충 흥얼거리며 아는 구절만 따라 불렀다. 짧은 근황들과, 서로에게 추천하면서 갈 시간은 좀처럼 못 내는 뮤지컬 공연 캐스팅에 대한 비화 사이에서 나는 박명이 서광에게 내 걱정을 했던 걸 이야기했다. 그날 무슨 일이 있었는지 서광이 쪼르르 말하지는 않은 모양이라 호밀빵 이야기를 했다. 카페 직원 앞에서 어떻게 내가 맞았는지 과장했다. 생각해보면 우리 같은 안드로이드는 프로토콜 상 사람을 해할 수 없으니 카페 직원은 서광이 공격하는 나도 사람이 아니라는 걸 알았겠단 이야기를 했다. 박명이 네가 서광에게 내 자살 충동에 대해 말했단 사실로 말미암은 작은 배신감 혹은 삐짐에 대해서 나는 두서없이 박명에게 쏟아냈다.

그 와중에도 내가 익명의 자살 사이트에서 그렇게 어수룩하게 속아 넘어간 일련의 과정들에 대해서는 길게 말하지 않았다. 누구나 들키기 싫은 비밀이 있다. 그걸 다 알고 있었다는 듯이 들춰내던 박명너와 서광은 내가 얼마나 한심하게 보일까, 아니면 내가 그리 뻔한 사람인가, 지금의 대화가 문자가 아니면 입으로 먼저 토해냈을지도 모른다.

> **박명** 밥 약속 또 잡자. 연말이니까. [23:22]
> **박명** 새해에는 일출도 봐야 하니까 또 만나고. [23:28]

박명은 작은 것들이 이유가 되어 나에게 계속 지상에 붙잡혀 있으라고 나를 넌지시 쿡쿡 찔렀다. 망원동에 괜찮은 의수 가게가 문을 열었는데 구경 가자고. 얼리버드 티켓을 사놓고 바빠서 미뤄놓은 대림전시에 같이 가자고. 연말 기념으로 다시 모여서 디트로이트 피자를 시키고, 아는 이가 주조한 수제 맥주를 먹자고. 선물을 주고받고 집에서 크리스마스 영화를 보자고. 내년에 내가 좋아하는 밴드가 내한을 올지도 모르므로 내년 소원에 쓰자고. 오랫동안 내지 않았던 신보를 낼지도 모르는 날이 바로 다음 날이면 아깝지 않으냐고. 작은 기대를 올가미처럼 만들어

내 발목에 걸었다. 아직 사라지지 말라. 도망가지도 말라.

혼내는 친구가 있었다. 자신들에게 상처를 주는 거라는 친구도 있었다. 붙잡는 친구도 있었다. 안와가 욱신거렸다. 눈물샘 노즐이 요즘 들어 자주 헐게 된다. 여기 갈비뼈 안에, 나는 어떤 센서와 부드럽게 맞물려 작동하는 유압기기가 있는지 사진을 본 적이 있었다. 하지만 이 갈비뼈 안에 내 상상과 믿음과 소망으로 만들어진 다른 작은 존재가 있다면. 마음과 관련된 물리적 실체가 있다면 그 실체는 지금 여러 갈래로 잡아당겨지고 있었다. 죄책감은 내 마음이 향하는 방향을 바꾸지 못했다. 그게 마음을 반대로 잡아당기는 죄책감을 더더욱 무겁게 만들었다. 머리로 느껴야 할 것과 마음으로 느끼는 것이 달라서. 친구들의 말을 듣고 싶은데 내 기분과 생각은 전혀 그렇게 움직여주지 않았다.

스마트폰을 껐다. 직전에 박명에게 잘 자라는 인사를 했다. 전혀 잘 잘 수 없는 밤이었다. 창에 반쪽 달이 훤히 떴다. 구름이 유유히 흘러갔다. 눈이 시렸다. 눈물이 된 생각이 멈추지 않아 초침이 아니라 시

침이 흐르는 동안에도 생각을 했다. 그냥 그것들이
침대 밖으로 흘렀다. 바닥으로. 카펫로. 침실방문 밖
으로. 어둠이 계속해서 어둠이기만 하다가 툭, 가로
등이 꺼졌다. 어렴풋이 푸르스름한 하늘의 색에 창
문의 그림자였던 건물들이 점차 형체를 찾아갔다.
그다음에는 색을. 심야를 넘겨 새벽이 찾아오는 동
안 잠은 찾아오지 않았다.

4

제4의 친구들, 백야(白夜)

　그로부터 보름이 지날 때까지 친구들과 별다른 연락 없이 지냈다. 사이트는 탈퇴는 아니고… 탈퇴한 척 휴면 계정 처리했다. 친구들이 아는 이상 더 이상 계정을 유지할 필요가 없기도 했고, 모르겠다. 한동안은 내가 한 말을 잊은 사람으로 살았다. 당장 오늘 죽을 게 아니라면 내일 출근해야 하는 빡빡한 현실이 있었다. 생각들을 대충 발로 짓이겨놓고 바다에 던져버린 뒤 당분간 잊어버린 척하기는 많은 직장인의 특기였다. 가만히 있고 싶어도 바쁠 일은 생겼다.

그러니까 우리 다섯 명의 친구 중 가장 답장도 잘 없고 소원했던 백야를 내가 찾은 건 다 일 때문이었다. 단체로는 대화를 좀 하지만 내가 먼저 연락하지 않으면 영 연락 없는 사람에게 1년 만에 찾아가서 문을 두드리는 것이다.

저번 모임 때도 결국 백야는 영영 답이 없었다. 연락을 읽지도 않은 것 같았다. 한둘씩 걱정은 하지만, 노원구 멀다고, 백야에게 한번 가보는 서울 놈들이 없었다. 마침 직장에서 위험지역 해외 파견업무를 안드로이드 팀에 시킬 참이었고, 분쟁지역 파견업무라면 백야밖에 떠오르질 않았다.

우리 집에서 노원구까지는 꽤 멀어서 노원문화예술회관에 드물게 공연하거나 시립 북서울미술관에 갈 때 빼고는 들를 일이 잘 없었다. 여기 근처에 멕시코 식당 엔칠라다가 맛있었지 아마. 그런데 그게 2년 전 일이라 계속 장사를 하는지 알 수 없었다. 몇 번 와본 익숙한 돌담길로 들어섰다. 높은 경사 지대를 둘러 가는 산책로가 긴 길목에서 교회를 지나치며 감으로 금세 걸어갔다. 낙엽 벗은 나무들은 끝으로 갈수록 가늘어지는 복잡한 가지들을 사방으로 뻗쳤고, 새들은 추운 날씨에 덤불 속이나 실외기 근처에 잘 숨었는지 보이지 않았다.

까치 두 마리만 바닥에 앉았다가 낮은 가지까지 단번에 날아올랐다 하며 땅따먹기 게임처럼 서로를 경계했다. 경계는 작은 원을 그리며 도는 춤 같았다.

평일이라 한가로운 오래된 아파트 입구에 도착해서야 주소를 다시 찾아보기 시작했다. 동 호수가 맞는지 다시 한번 찾아보고는 저층이라 그냥 걸어 올라갔다. 긴 아파트 복도에서 모르는 할머니를 지나쳐서 212호 문을 두드렸다. 초인종 소리가 싫다고 하는 애라서. 잠자고 있는지 반응이 없었다. 문을 두드리다 전화를 걸었다. 이번엔 받을까? 아, 받았다.

"여보세요? 백야야, 나 너희 집 앞인데."

백야는 편의점에서 술을 사서 들어가고 있으니 금방 기다리라고 했다.

"아. 나도 사 왔는데. 안주하고 같이."

다다익선. 이백야가 그 말을 하고 스피커 너머로 횡단보도 초록불이 켜지는 소리가 들렸다. 곧 오겠군. 파견근무 끝나고 집에서 휴식기를 가지고 있는 행운의 여성. 3개월 일하고 3개월 휴식하는 백야는 정말 백수 같아서 부러웠다. 누군가의 오후 반차 정도는 하잘것없어 보이게.

나는 현관문 앞에서 시간을 죽이다가 백야가 없으니 눌러도 되는 초인종을 괜히 두세 번 눌렀다. 다시 아파트 복도 난간에 기대어 있는데, 철로 된 현관문 너머에서 인기척이 나더니 삑, 삐리릭 문이 열렸다. 비속어와 함께.

"야, 초인종에 한 맺혔나?"

"너 뭔데. 편의점 갔다며?"

"와 씨. 망했네."

백야가 기름진 머리로 나와서 두 마디 내뱉고는 현관문을 쾅 닫아버렸다. 뭐야.

문을 세차게 두드렸다. 손잡이를 덜컹덜컹 흔들어봤다. 안 열렸다.

"야, 거짓말 안 하고 그냥 샤워하고 나오겠다고 하면 되지 왜 문을 안 열어주냐? 이백야. 나 추워. 밖에서 술도 얼어. 아니 얼면 시원하지. 근데 나는 언다고 특별히 나아지지 않거든?"

안 열어줬다.

"너희 아파트 복도는 기계 몸한테도 춥거든?"

여전히 문은 굳게 닫혀 있었다. 아까 옆 옆 집으로 들어가던 처음 뵌 할머니 얼굴이 아른거려서 큰 소리로 말하지는 못하고 호소와 탄원의 심정만 담아서 문밖 대화를 요청하는데 애가 샤워하러 갔는지 답이 없었다. 전화를 걸었다.

　전화벨 소리가 계단참에서 들렸다.

　"이 무슨⋯."

　황당한 상황이람. 계단을 올라온 백야가 장바구니에 맥주 피처 두 병과 아이스크림, 나초 봉지를 싣고 왔다. 카트도 없이 저걸 한 팔로 들고 온 사실이 놀라운 대신 다른 지적을 할 차례였다. 걔와 현관문을 번갈아 가리켰다. 계단참도.

　"네가 왜 거기서 나와."

　"⋯와 씨. 망했네."

　문 열렸었냐? 백야가 장바구니 안 든 팔로 생머리를 옆으로 넘기고 이마를 짚는데, 머리가 찰랑거렸다. 아깐 떡 져 있었는데. 난 그냥 말이 되는 설명을 떠올리려고 애썼다. 세상천지에 백야처럼 게으른 사람도 없는데 나 하나 속이자고 이런 일을 했을까. 그래도 혹시 SNS에서 생중계되고 있는 농담이나 챌

린지인지 몰라서 고개를 두리번거리며 공중에 있는
카메라 렌즈가 있는지 찾았다.

"이거 어디 SNS에 올라가는 마술이나 속임수냐."

"아니. 그냥 내 인생 좀 복잡해진 거. 야, 들어가.
하하, 어쩌지."

어쩌긴 뭘 어째. 하고 자문자답하는 백야가 현관
문 비밀번호를 빠르게 누르고 날 먼저 집으로 등을
떠밀어 밀어 넣고는 현관문을 빨리 닫았다. 등 바로
뒤에서 백야의 목소리가 들렸다. 사뭇 위협적이어서
등줄기에 소름이 돋았다.

"너 비밀 잘 지키냐."

"아니."

"하늘이 감동해서 울게 솔직하네. 하⋯."

"야⋯ 무슨 일인데."

"너는 거짓말 훈련 좀 받아라. 그거 하기 전까진
이 집 못 나간다."

백야가 반협박을 하면서 태연히 손 씻는 화장실
은 저기라며 알려주는데 나는 아까 본 백야로 분장
한 사람이나 카메라가 어디 있을까 봐 현관 쪽에서
도 살짝 보이는 거실을 이리저리 기웃댔다. 사람 기

척은 없었다. 어쩔 수 없이 화장실로 가서 손을 씻는데 귀는 바짝 세웠다. 1.5리터가 넘는 맥주 피처 병을 거실 어딘가에 올려놓는 둔탁한 소리가 났다. 나초 봉지 바스락거리는 소리와 폐 바닥에서 끌어 올린 깊은 한숨. 그리고,

"야! 아까 문 연 놈 누구냐! 나와. 넌 틀렸으니까."

백야의 호령에 스님이 죽비로 천령개 내려치는 듯 내가 괜히 졸아서 바짝 섰다. 물을 뚝 잠그고 손을 누구보다 빠르게 수건에 닦고 나와 보니 방문이 하나 살짝 열리고 어쩔 수 없이 떠밀리듯이 비척비척한 사람이 걸어 나왔다. 그 사람도 백야였다. 정말로 이백야. 키도 이백야. 약간의 낭패감으로 그늘진 얼굴도 이백야. 온라인으로 미팅하면 항상 입던 그 큰 사이즈의 넥카라 반팔티 옷을 입고 있는 이백야. 다른 점이 있다면 옷차림이었다. 나랑 같이 들어온 백야가 후드 티에 패딩을 껴입었다면 방금 방 안에서 나온 백야는 반팔 티에 수면 잠옷을 입었다. 그리고 물기 있는 머리를 수건으로 말리고 있는 중대한 차이가 있었으니, 문을 닫은 그사이에 한 일이 예상되어서 나는 시선을 괜히 카펫 어느 한구석이

나 거실 스탠드 조명 전선에 두었다.

"소개할게, 여기는 이백야. 여기는 유성."

"피차 다 아는 사이에. 유성아 내가 좀 그렇게 됐다. 비밀로 해주라."

안드로이드는 법률상 본체가 죽기 전에도 만들 수 있지만 죽은 후에 가동할 수 있다. 법인격이 하나인데 실제로 세상을 돌아다니는 인격이 두 개면 곤란해지므로. 그런 고로 안드로이드는 아니겠다. 미심쩍게 둘을 올려다봤다. 둘 다 백야라고 한 건 농담이기를.

"언제부터 쌍둥이였어?"

"몇 년 전에."

"몇 년 전에."

나이가 몇 살인데 몇 년 전에 갑자기 늦둥이가 태어나는 게 아니라 쌍둥이가 태어날 수는 없는 노릇이다. 미간을 꾹꾹 눌렀다. 백야 중 하나가 크게 웃었다.

"야, 기왕 이렇게 된 거 그냥 이 김에 다 밝히자."

"몰라. 어떻게 되겠지."

다른 백야가 대답했다.

"야, 다 나와."

방문 세 개에서 세 사람이 더 나왔다. 전부 백야
였다. 긴 머리를 하나로 묶은 백야, 실내 슬리퍼를
옆 사람과 짝짝이로 바꿔 신은 백야, 방에서 홈 트
레이닝 하고 있던 백야.

"하이."

"헬로우"

"나이스 투 미츄."

이럴 때는 서광의 안드로이드 기절 모드를 통째
로 빌려오고 싶었다. 맙소사.

★

"…대충 그렇게 된 거야."

"아직 아무 말도 안 했는데요. 백야야."

옆자리 백야가 소파에 앉아서 손으로 이러쿵저러
쿵을 대충 형상화했다. 그 유려한 몸짓은 아무짝에
도 쓸모없었다. 다른 백야가 맥주잔 여섯 개를 들고
왔다. 술이 부족하겠다며 공용 카드를 사용하겠다
고 하고 운동화 끈을 묶은 애도 있었다. 그 백야는
자기 빼고 너무 많이 이야기하지 말라고 하고서는

바람막이만 입고 쌩 나갔다.

"미모의 여성이 여러 명인 것은 세상에 이득인 일이라서 이렇게 살기로 했어."

"실은 보고하고 행정 처리하는 모든 과정이 귀찮고 시끄러워질 것 같아서 모른 척하기로 했어."

"회사도 뉴스 속보로 드라마 시간에 뜨고 난리 나고 주가 떨어지고 싶지 않을걸."

"법률적으로 검토했더니 우리 중 한 명만 남고 나머지는 죽어야 한다거나 하면 어떻게 해."

"그냥 같이 살기로 하면 많은 대중의 평화가 지켜지는 셈이지."

쏟아지는 수다에 정신이 없었다. 말이 이렇게까지 많은 친구가 아닌데 한마디가 다섯 번 동시에 일어나면 다섯 마디가 된다는 지극히 단순한 순리를 왜 아무도 진작에 가르쳐주지 않았는가 말이다.

순서가 엉망인 이야기들을 이어보면 대강 회사 탓이었다. 백야의 파견업무는 우리가 보기엔 그냥 돈 많이 버는 일이지만, 알고 보면 대단히 위험한 업무였다. 원료를 채굴하는 채굴장과 화학 공장이 분쟁지역에 있었고 현지인 노동자도 씨가 말랐다. 젊고 튼튼하고 고립된 지역에 있어도 정신력이 강해서 쉽게 흔들리지 않으며 기술에 대한 자격증도 있는 사람들이 재산이 없다면 종종 지원하는 일이었다.

"난 알다시피 머리보다 몸이 튼튼하지. 손해 볼 게 없었다고."

"그렇게 말하기엔 위험한 일이었어. 죽을 수도 있었어."

기업은 노동자에게 손상 가능성이 있는 장기의 교체 비용을 대주고, 노동자는 신체에 가해지는 위협을 감수하고 일을 한다. 로봇이 하기에도 자가 진단과 보수가 어려운 환경, 안드로이드에게 파견을 시키기에는 안드로이드의 가격이 너무 비쌌을 때, 잔인한 계산이지만 유기물이고 알아서 고등교육과정을 밟아온 인간이 좀 더 싸고 간편했다.

장기 한둘을 교체하거나 지원받는 업무를 하다가 더 위험해지고, 더 위험해지다 보면 한 번에 죽을 수도 있는 일이 생긴다.

"신체 정보는 진작에 다 있어서 교체 장기를 막 뽑아내던 차니까 내 의식과 기억만 요구하더라고. 안드로이드 기술이 발전하고 나서 생물에 생물의 의

식을 옮길 수 있느냐는 최신이긴 한데 얼추 되니까. 난 실은 거기 기억이랑 의식 저장하러 연구실 갔을 때 내가 죽으면 그다음엔 안드로이드로 살아야 하는 줄 알았어. 너처럼."

다른 백야가 끼어들었다.

"근데 아니더라. 그냥 내가 죽으면 다음 나를 성인 크기로 복제해둔 세포에 마지막으로 업로드한 의식도 복사해서 계속 이어서 사는 거지."

"우리가 얘보다 전체적으로 세 살 어려. 몸도, 기억도."

"쟤 말이 맞아. 3년 전에 했던 복사가 가장 최신 업데이트였거든. 3년 전에 내가 죽어도 바로 쟤나… 너 아니었나? 어, 얘, 이백야 1호가 만들어져서 내 나머지 인생을 계속 살아가고 다시 파견 나가고 그럴 예정이었는데. 내가 테러리스트들한테 잡혀서 실종된 3개월 동안 회사에서는 내부적으로 사망 처리가 되었더라고. 근데 회사는 사망이구나 생각했어도 나라에 '우리 회사가 인간을 뭣같이 굴려서 사망자가 나왔습니다. 파견직원 보냈던 공장은 여전히 수익을 꿀단지처럼 내긴 하는데 폐쇄합니다.' 할 수는 없을 거 아니야. 그래서 이백야 사망신고는 회사가 안 해놨더라. 난 분쟁지역 사이 사이로 손발로 의사소통하면서 어떻게 얍샵하게 넘기는 재주가 있었으니 집에 겨우 왔는데 월급은 계속 입금되고 있고… 집에서 백수로 살고 있었더니 어느 날 내 모습이랑 똑같은 애가 해외 파견근무 끝내고 우리 집에 온 거야. 그래서 와, 이거 꼬였구나 했지."

"회사가 너 지금 이런 거 몰라?"

"어…. 어. 관심 없는 듯."

다른 백야가 대신 대답했다.

"정확히 말하면 직원의 죽음에 무딘 거겠지."

"출입국 기록이 있을 텐데."

"국가 기록을 회사가 다 아냐. 내가 말 안 하고 나라가 나 죽었는지 산지 모르면 모르는 거지."

"백야 너 여권은 하나였을 거 아니야."

"회사가 나를 이동시킬 때는 항상 화물 신고했지. 난 여권 없이 화물칸 타도 돼. 비행기도."

나초가 목에 막혀서 내가 캑캑거리는 동안 또 다른 백야가 나초를 한 움큼 가져가면서 먹다가 방석을 깔고 바닥에 앉았다. 소파 위에선 나초까지 팔 뻗기 귀찮다는 이유였다.

"복제 장기는 화물로 분류돼. 유성이 너 신체에서 떨어져 나온 장기들은 일회용 폐기물이라는 거 몰랐지?"

"그리고 우리는 일종의 복제 장기의 집합이라고 할 수 있지."

"일회용 폐기물께서는 화물차를 탈 수 있단 말씀."

나는 나초 봉지 입구를 이 백야를 향해서 돌려줬다가 저 백야를 향해서 돌려줬다가 하다가 그냥 봉투를 크게 찢어버렸다. 아마 이 자리에서 다 해치울 거 같은데 뭐. 원래 그렇게 크지 않은데 방 세 개로 많이 쪼개지기만 했던 아파트가 완전히 가득 찼다.

"야, 너는 그리고 네가 집에 있는 동안 월급이 계속 들어왔는데 뭔 일이 있는지 회사 가볼 생각은 안 했고?"

"월급. 들어오면 좋지."

"쟨 처음에 휴가 기간에도 월급 따박따박 들어오는 게 오류인 줄 알았대. 아니면 죽을 뻔했으니까 돈 더 주는 거거나."

"뭐, 우리가 오류니까 틀린 말은 아님. 나 맥주 새 병 좀. 좀 전에 쟤가 세 병 더 사 온 거 어디 있지 않냐."

"여기."

"감사."

자잘하게 본인의 여러 자아들과, 혹은 복제들과 서로 자매처럼 대화하는 와중에도 나초 소스가 바닥나길래 새 소스를 까서 거실 테이블 위에 올려줬다. TV 채널에서는 이것저것 예능이 나왔지만 다들 크게 관심은 없었다. 그냥 보는 둥 마는 둥 하면서 대화에 끼었다가, 술을 마셨다가, 예능을 찔끔 보기를 반복했다. 무의미한 채널 돌리기 끝에 다시 처음에 보던 채널로 돌아가는 걸 세 번쯤 보고 있자니 모두 백아가 맞는구나 싶어 헛웃음이 났다.

"아무튼 3년 전에 그렇게 회사 측 오류로 내가 안 죽었는데 내 첫 쌍둥이인 얘가 태어나버렸고, 그다음에도 나만 유독 시스템상에서 처리할 때 에러가 나는지 그러는 거 같아. 다른 사람들은 어떤지 모르겠는데. 그래서 어쩌다 보니 3년간 식구가 이렇게 많아졌어."

"그쪽은 뭐라고 불러…요?"

"이백야가 이백야지. 뭘 불러. 그리고 왜 갑자기 존

댓말 해."

"어색해서."

나는 머리가 아파져 왔다. 난 백야 원본을 눈으로 좇다가, 뭔가가 껄끄러워져서 나에게 설명을 마저 해주려 하는 쌍둥이 이백야에게로 고개를 돌렸다. 나도 원본이 아닌데. 너의 원본과 가짜를 순서를 두려고 한 것이 미안해져서. 다른 복사본이 내게 음료를 건네주며 말을 이었다.

"실은 나머지 세 쌍둥이는 그다음에 한 번에 태어났어. 내가 그때 한창 복제자로 태어나서 일하고 있었던 게 분쟁 도시 옆 광산이었는데, 거기에 저공 비행하는 폭격기 드론이 와서 일대를 초토화했거든. 저공비행에 레이더에도 안 걸려서 3시간 만에 쑥대밭을 만들고 갔어. 도시 생존자 찾는 데 일주일에서 한 달까지. 임시 거주지 마련하고 인구 재조사하는 수습에는 6개월 걸렸고."

복제된 백야는 그 말을 하면서 내 앞의 나초 칩 소스도 치즈 대신 토마토 살사로 바꿔주었다. 내가 좋아하는 소스였다.

"그사이에 난 또 안전 지침을 준수하지 않은 안전

사고로 사망 처리였어. 근데 전신 신체 복구는 그 기업에서 하는 거 말고 밖에서 개인이 하려면 돈이 진짜 많이 든단 말이야. 상용화 전 단계이니까. 회사 입장에서도. 그래서 직원한테 일종의 빚처럼 계약을 해.”

“빚?”

“장기 보장되는 것도 그래. 우리가 당신 안구와 척추를 보장해드렸으니까 한 1년은 어디 가지 말고 이 게임 테스트하는 일 하세요. 이렇게. 전신이면 좀 더 오래 계약해야 하는 거지. 종신 계약 정도는 아니지만 한 10년은 걸려. 내가 일반적으로 다른 위험지역 현장직보다 몇 배 위험한 일을 하는 터라 3, 4년 정도면 갚고. 근데 그 10년짜리 계약 만료 전에 죽어버리면 이걸 빚을 청산하는 거보다 돈을 좀만 더 들이면 새 신체가 나오니까. 빚을 더 지워서 살려서 일 시키는 게 이득이거든. 근데 또 그 과정에 분쟁지역과 통신이 잘 안되니까 통신 끊기고 본사에서 말 번복하는 사이에 우리 셋이 더 생겨서⋯.”

“이것도 웃겨. 우리도 그 공장에서 서로 내가 둘이나 더 생긴 걸 봤지.”

그럴 땐 어떻게 해야 하는데? 내가 멍하니 묻자

술을 더 사 온 복제 백야가 술을 내려놓으며 말했다.

"살인."

잠깐 침묵이 내려앉았다. 나의 호흡 중추가 멈추자 그들도 같이 숨을 쉬지 않기로 한 것 같았다. 거실 TV에서 나오는 축구 중계가 빈 공간을 메웠다. 아까 까지는 있는지도 몰랐던 소리였다. 나는 입을 벌렸다가, 우물쭈물 다시 닫았다. 입을 연 건 술을 가져온 복제 백야였다.

"세포 복제는 안드로이드 만들 때와 달라. 오류를 동반해. DNA가 맞게 전사 되었는지도, 표현형이 맞는지도, 신경계를 약물을 통해 흐물흐물하게 하고, 디지털로 기록했던 원본의 기억을 다시 뇌세포에 전기 신호로 전사할 때도… 치명적인 장애를 갖고 복제될 때가 종종 있지. 하지만 안드로이드는 잘못 만들면 리셋이 되는데… 우린 아니야. 전량 교체지."

내가 그 말의 의미를 이해할 때까지 백야들은 잠깐 기다렸다.

"그럼, 그 치명적인 실수가 있었던 애들은…"

"나머지 멀쩡한 몸을 가진 복제자가 죽여. 내가 가질 수 있는 법인격은 하나뿐이니까."

이런 일은 기록에 남지 않는다고 했다. 공장에서 품질 관리를 할 때 모든 불량품이 기사로 남지 않듯이.

"너희 회사가 이런 일이 싫어서 안드로이드로 파견업무를 시키려는 걸지도 몰라. 너희는 부분 파손 시 부분 교체가 가능하니까. 위험도가 좀 낮은 분쟁지역이라면서. 민가도 있고. 유기물 복제면 단가는 싸지만 이런 전량 폐기 사건이 종종 나와서 시체를 처리할 때 분쟁지역이나 위험지역처럼 민가가 거의 없는 곳이어야 하거든. 갈린 폐기물에서 인간 DNA가 우연히 발견되어도 이상하지 않은 곳."

"그런 말 하지 마."

"우린 서로 죽이지 않았음. 봐. 유성아."

셋이서 처음에 서로를 죽일 타이밍을 잃어버렸다고 했다. 비슷하게 깨어나 고민하는 동안, 깨어나지 않았으면 버튼을 누르는 걸로 더 이상 숨을 쉬지 않았을 텐데. 이미 살아서 자기 눈을 보고 있는 자기 자신을 어찌할 수 없었다고. 그리고 그 마음이 상대도 같았으리란 걸 알았다고. 네 눈은 나의 눈이므로.

셋은 몰래 돌아가면서 화물차에 타고, 밀수 루트로 돌아왔다고 했다. 서로 가까이 붙어 앉은 셋이 서로를 손가락질했다. 공장에서 살아남은 사람들.

"근데 집에 와보니까 이미 내가 있는 거임. 그리고 또 한 애는 중계근린공원 산책하러 갔다가 저녁에 올 거라는 거 있지."

"어떤 백야인지 상관없이 서로 모른 척하고 각자 역할 나눠서 사는 게 본능인가 봐."

"근데 여기서 더 느는 건 자신 없어. 이미 한 번에 한 사람만 외출 가능함. 같은 공원에 가기도 금지."

"그래서 앞으론 파견업무 위험한 데 줄이려고 하는 중."

"그거 알아? 중계근린공원 하계동에 있다."

"중계동에는 노해근린공원 있음."

너희 정말 정신없다. 내 말에 다들 박장대소하면서 옳다고 그랬다. 그렇게 재밌는 말을 한 건 아닌데 낙엽 굴러가는 일에도 까르르 웃는 시절이 돌아왔나 보오. 나는 아무리 그래도 내가 느끼기에 진짜 같은, 나와 전화 통화한 백야를 보면서 서로 호칭은 어떻게 되냐고 물었다.

"호칭? 딱히 안 정했는데."

"다 이백야로 살아."

"우리는 그냥 뭐 본인 기억이 3년 전 이후에는 미묘하게 다르게 쌓아왔으니까. 나 자신은 구분이 되고, 다른 애들은 될 때도 있고 안 될 때도 있는 거지. 다섯 정도면 너 나 구분 없이 대충 살아져."

"가끔 서로 싱크를 맞추긴 해. 예를 들어서 기억상 남친인데 너한테는 3년 동안 전 남친 된 사람이라던가. 이런 사실들은 공유를 해놔야 실수하지 않으니까."

"야."

"난 항상 젊은 시절부터 파견 나가 있었어. 파견 나간 동안 상현이나 너희 인생은 흘러가지만 난 채굴장이나 공장에서 시간이 멈춘 거랑 비슷했음. 보안이 중요한 데니까, 연락도 어렵고."

"그렇지. 파견 갔다가 한국 와보면 서광이 결혼해 있고. 갔다 오면 서광이 로봇 돼 있고. 바다는 세로로 쭉쭉 늘어 있고. 너는 제4 유성 버전에서 제5 유성이 되어 있고."

"이미 그렇게 뒤늦게 너희를 따라잡았던 인생이야. 지금도 내가 다른 나랑 무슨 일이 있었는지 대화하면서 겪지 않은 일에 대한 경험의 조각을 맞추는 건 별반 다르진 않아."

"우리랑 그나마 대화하던 건 너…지?"

나는 부러 나와 전화 통화한 후드티 백야에게 물었다. 후드티 백야는 소파에 기대 누워서 반쯤 찬 맥주잔을 손바닥에 꾹 눌렀다.

"대부분 나야. 하지만 가끔은 다른 애들도."

"네가 원본이야?"

"너는 '원본'에 언제까지 집착하냐."

다른 백야가 나를 끌어안으며 등 뒤에서 한숨을 쉬었다. 근육이 잡힌 단단한 팔에 몸이 기우뚱 기울었다. 맞은편 백야도 다른 자기 자신을 끌어안고 있었다. 백야 품에 있는 다른 백야는 뒤로 거의 눕듯이 기대서 나초를 썹었다. 원본이라는 말이 상처가 되었나 싶어 미안한 마음에 뒤돌아 올려다보는데 그냥 별로 취하지 않은 얼굴로 웃기만 했다. 나를 끌어안은 백야는 술김에 내 뒤통수를 자기 이마로 찡었다. 아야야. 아프지 않지만 아픈 척을 했다. 걔가 답지 않게 조용조용 말했다.

"나는 원본 구분 신경 안 써. 그리고 쟤들도 나라서 정말 신경을 안 쓴다는 걸 믿고. 그냥 자매 여럿

생긴 거고, 일은 최소로 돌아가며 나가고 최대한 백수 생활을 즐기는 거지. 우리 식비는 많이 나가지만 대신 벌크로 사서 개인 다섯 명이 사는 것보단 훨씬 여유 있어. 옷은 또 많이 안 사도 다 같은 사이즈라 돌려 입을 수 있고. 한 사람 몫으로 나가는 생활비의 많은 부분을 쪼갤 수도 있고, 벌이는 늘리기도 쉽고."

"네가 괜찮다면 난 다 괜찮아. 그냥 나랑 너무 달라서. 다를 거라서 쉽게 적응을 못 했던 거야. 괜찮은 거 맞지? 그러면 됐어."

"괜찮지. 무슨 생각하는지 알아. 우리는 삶의 대부분을 동일하게 기억하고 있지만 이후로 많은 경험이 쌓이면서 결국에는 차이가 벌어진다면 언젠가는 한 몸처럼 느껴졌던 애들이 그냥 얼굴만 같은 쌍둥이처럼, 언젠가는 그냥 자매들처럼 멀어지는 날이 오겠지. 원본에서 멀어진 난 뭔가 생각도 들고. 그래도 괜찮아. 그냥 살다 보면 사는 데 의의가 생겨. 안 생겨도 그냥 즐거운 대로 됐고."

소파 위의 백야는 조용해졌다. 내 마음도 잔잔한 물웅덩이처럼 고요했다. 그 안에 일어난 작은 파문에 집중하기 위해서. 웅덩이 중심부에 똑 떨어진 그 단어는 웅덩이 저변으로 가 닿아 파르르 떨며 가운데로 그 물결을 다시 밀어냈다. 파문이 점점 심장에서 발가락 끝으로 손톱 아래로 퍼졌다.

"왜 나보고 제5의 유성이라고 했어."

모든 주위가 생경한 것처럼 주위에 빽빽이 모인 익숙한 얼굴들을 둘러보았다. 마지막으로 나를 뒤에서 끌어안은 백야의 얼굴도. 그 백야의 입은 약간 벌어졌고, 깊은 후회 대신에 옅은 안타까움이 살갗 위를 스치고 지나갔다.

"잘못 들은 것 같은데."

"난 안드로이드야. 메모리는 실수하지 않아."

'그렇지. 파견 갔다가 한국 와보면 서광이 결혼해 있고. 갔다 오면 서광이 로봇 돼 있고. 바다는 세로로 쭉쭉 늘어 있고. 너는 제4 유성 버전에서 제5 유성이 되어 있고.'

왜 나보고 제5의 유성이라고 했어?

다시 물었지만 말간 다섯 명의 얼굴 위로는 불편한 침묵만 내려앉았다.

*

안녕하세요, 환영합니다.

당신 중 40퍼센트는 여기 처음 오지 않습니다.

우리는 완전히 죽을 수 없습니다. 걱정 마세요. 우리 중 20퍼센트는 실제로 성공합니다.

천천히 확실히 준비하고 주변인들의 여론을 살피고 동의를 구하세요.

실행하기 전에는 연합 접속 기록을 꼭 지우세요.

목적을 달성하기 위해서 인내심 있고 꼼꼼하게 준비하세요.

여기는 자기 소멸을 향해 달려가는 커뮤니티, 기생충 연합입니다.

머릿속에서 어둠 속에 떠오르는 밝은 노란색의 글자가, 질리게 봤던 공지 사항이 하나씩 픽셀 하나씩 떠올랐다. 나를 잡고 있던 희고 긴 손을 풀어서 자리에 두었다. 천천히. 내 머릿속은 일어난 사건들을 정리 중이었다.

박명은 내가 자살하고 싶다고 말한 후 바로 내가

무엇을 준비하는지 아는 것처럼 말했다. 박명이 개인적으로 더 접점이 있는 사람은 상현이었지만 헤어진 다음에는 거리를 유지했다. 하지만 상현의 세미나에 다녀오자마자 박명이 연락했다.

누군가가 걱정되었을 때 굳이 먼저 어떤 행동을 상현보다 서광에게 부탁할 필요는 없었다. 아주 구체적으로 안드로이드들만 접속할 수 있고, 은어로 된 자살 커뮤니티에 내가 있는지 찾아달라는 부탁을 해야만 해서 서광에게 부탁한 것이었다.

그리고 서광은 농담으로 치부하는 대신 바로 다음 날 나를 찾아냈다. 끔찍이 아끼는 바다에게 사실을 공유하면서. 화를 그렇게 자주 내서 멈추던 친구가 그날은 나를 이해하려는 길고 긴 대화를 했다.

세미나에서 상현은 내가 예상했던 것보다 더 격분했다. 내가 아직 하지 않은 배신에 당한 것처럼. 인류에게 관심이 있어도 개인에게 관심이라 곤 한 톨 없는 사람이 나와 말한 날 저녁 바로 박명에게 이야기를 할 정도로.

아니, 아직 하지 않은 배신이 아니라.

이미 한 배신.

백야들은 내가 이미 죽어서 제4의 유성에서 제5의 유성으로 교체되었지만, 내가 모른다는 사실까지는 공유하지 못했다. 밤을 새워서 하는 그 많은 대화 중에서. 그러나 백야의 얼굴은 나를 여전히 안타까워하고 있었다.

나는 이미 자살을 했었다.

"너희 모두 모른 척했구나."

사고로 죽었으면 내가 기억했을 것이다. 제3의 유성은 해외여행에서 강도를 당해서 사고 모듈을 뇌에서 빼 가기 직전의 기억이 남아 있었다. 그사이에 유실된 메모리는 모듈이 강탈당해서 없었다. 이번에도 그랬다면 친구들도 이렇게까지 내 자살을 걱정하지 않았을 것이다. 오히려 강도나 교통사고를 더 걱정했어야 했다. 나도 내, 제4가 아니라 제5라는 사실을, 내가 나라고 이미 믿은 4의 유성은 죽은 채로 다음으로 연장 당했다는 사실을 모른 채로 지나가야 할 필요가 없었다. 사고였다면.

"난 자살 사고와 행동이 금지되어 있지만 어떻든 네 번째 유성은 자살하는 방법을 알아냈지.

나초 봉지 부스럭거리는 소리도 사라졌다. 사람

이 많은데도 숨소리조차 나지 않았다. TV 소음이 무성의하게 거실 이리 저리로 흩어졌지만 명확한 존재감을 남기진 못했다. 나는 내 존재를 확인하기 위해 손바닥의 넓은 면으로 내 얼굴 살가죽을 천천히 쓰다듬었다. 실리콘은 부드럽고 속은 조금 뻑뻑했다. 뺨에 닿는 손바닥 실리콘은 오목하게 들어가 손금을 기준으로 여러 갈래로 접혀 있었다. 뺨만큼 부드럽지는 않았다. 그런 세밀한 조정. 이상한 점을 눈치채지 못할 정도로.

"그러나 제대로 된 자살이 아니어서 제5의 유성이 또 사는 거야."

뺨이 차가워서 자동 반사였다고 말하고 싶었다. 시큰한 눈가에서 눈물이 떨어졌다. 백야들이 손을 뻗었다. 한 손이 내 머리를 쓰다듬었다. 한 손이 내 젖은 뺨을 닦았다. 다른 손들이 하나씩 더해졌다. 헤아리기 어려운 위로가 손의 모습을 하고 파도처럼 내게 밀려들어 왔다.

내가 나라고 믿은 사람은 이미 죽었대. 내가 첫 번째부터 세 번째까지 나와 갈라놓은 그전의 유성들이 도미노처럼 무너지고 있었다.

에필로그

얼마 후에, 크리스마스가 지나고 신년이 되기엔 조금 남은 연말의 끄트머리에 우리는 박명을 기준으로 모였다. 쉬웠다. 내가 상현의 스마트폰을 빼앗아서 같이 돌아다녔기 때문이다. 혜화에서 돌아다니고 있으니 알람이 퐁, 퐁 올라왔다.

친구들과 노는 게 너무 즐거운 오늘,
다만 전 애인과 마주치면 너무 당황스러울걸요?
오늘의 행운: 혜화엔 가지 마세요
금전운 ★★★★★

연애운 ★

학업운 ★★

건강운★★

―롤리

이건 상현의 롤리 메시지였고,

술자리에서 돈을 너무 많이 쓸 것 같은 당신,

친구들이 너무 좋아도 펑펑 쏘면 안 돼요~

아, 근처에 우리가 놓친 친구가 하나 있어요!

오늘의 행운: 식자재 마트에서 치즈 사기

금전운 ★

연애운 ★★

학업운 ★★★

건강운★★★★★

―롤리

이건 내가 받은 메시지였다. 두 메시지를 조합해

혜화 식료품점에서 와인을 사고 있던 박명을 만나기
는 어렵지 않았다.

"무슨 일인가요? 다들?"
"그냥 만나고 싶었어. 네가 구심점이 된 것뿐이야."
나는 박명이 한참 전에 보냈던 문자 하나를 찾아
화면을 박명의 눈앞에 들이밀었다.

박명 밥 약속 또 잡자. 연말이니까. [23:22]
박명 새해에는 일출도 봐야 하니까 또 만나고. [23:28]

박명이 눈주름이 깊게 생길 만큼 미소 지었다.

✶

나 고백할 게 있어. 나는 이미 자살했어. 그리고 너
희가 숨기고 있었단 걸 알아.
제대로 된 자살이 아니었겠지. 그래서 내가 계속
여기 있지.
나는 내 신탁에 할머니와 부모님이 돈을 얼마나
남겼는지 몰라. 평생 모은 돈을 거기에 다 남기고 가

153

셨단 사실만 알아. 하지만 그 돈이 바닥날 때까지 회사에선 나를 가져가서 계속해서 살려놓을 거고 나는 그걸 잊고 계속해서 살다가 어느 날 네 번째 유성처럼 될 거야. 끝이라고 믿으면서 끝이 나진 못한 채로.

안드로이드 자조 모임이 실은 자살 모임인 걸 나는 너희에게 숨기고 있었는데, 너희는 그냥 내가 그 자살 모임에 간다는 사실을 너희가 안다는 걸 숨기고 있었지. 내가 거기 접속하는 걸 차단해버릴 수 있는데 안 했더라. 고마워. 여기 있는 애들 중에 인간 권리가 있는 애들 말이야. 날 신고하지 않고 내 마음을 돌리려고 얼마나 노력했는지 알아. 반은 자조하는 거였고 반은 나도 모르겠어. 이걸 알고 나서 느낀 감정이 상반된 두 종류라서.

상현에게 약속한 게 있지. 그날에는 아니었지만 언젠가는 말하겠다고.

나는 진짜 첫 번째 유성이 너무 미웠어. 인간인 걔는 뭐든 결정할 권한이 있었는데, 아무것도 결정해주지 않고 떠나버렸거든. 나는 유성의 완전한 그리고 유일한 복사본으로 사는 게 너무 지겨워져서 이제 떠나려고 했더니, 나는 유성이 아니라 안 된대. 상현 네가 들으면 그게 무슨 어이없는 이유냐 하겠지만 나한텐 그게 중요한 이유야.

물론 너희가 날 어떻게 붙잡았는지 알아. 그게 얼마나 고마운 일인지도.

처음에 내 말을 지나치지 않은 박명이 있었지. 미안. 난 네 번째 때 너희를 어떻게 저버렸는지 몰라. 그때도 너희 중에 나를 먼저 발견한 사람이 있다면 미안해.

박명 너를 아끼지 않아서, 너와 있는 시간들이 기대되지 않는다거나 미래에 희망이 없어서 내가 그 모든 걸 그만두고 싶었던 건 아니야. 네가 메시지 함에 쌓아둔 수많은 알림을 하나씩 까보면 작은 보물 상자 같았어. 나랑 할 일들, 내가 했으면 좋겠는 일들, 내가 기대할 만한 소식. 그 소식 자체보다 네가 그걸 모으고 고르는 데 들어가는 마음을 아는데 내가 어떻게 감히 그게 무용하다고 말할까.

서광과 이야기한 적이 있어. 지금 와서 돌이켜보면 날이 추웠다는 기억만 반인데. 나나 서광은 다른 안드로이드와 목적이 조금 달라. 처음부터 인간이 아닌 새로운 인격을 가지고 태어난 것도 아니고, 죽은 사람이 스스로 오래 살고 싶어서 기계가 되기로 선택한 것도 아니야. 추모하기 위해 태어나고, 잃기 싫다는 미련에 의해 이승에 붙잡힌 기억들이야.

하지만 바다는 진짜 아빠보다 지금의 아빠를 선택할 거래. 둘은 다르다고 느끼고, 그 와중에서 지금의 서광은 아버지의 행동과 모습을 재현하는 게 아니라 바다에게 그 자체로 자기 아빠였더라. 하지만 서광이 바다 곁에 있어줄 보호자였다면, 나의 존재는 부모님에게 비석이기만 했어.

부모님은 할머니가 손녀가 죽은 걸 알지 못했으면 했고, 어린 외동딸이 죽은 걸 인정하지 못했어.

그분들은 바다와 달리 보호자가 필요한 게 아니었어. 추모할 대상이 필요했던 거지.

우리가 21세기를 사는 게 아니었다면, 그분들은 유성을 보내줬을지도 몰라. 아니 마음에 평생 쓰라리게 먼저 간 아이를 품고 살았을 수도 있고. 나는 부모가 아니라서 부모 마음을 다 알지 못해. 하지만 진짜 시체가 화장되어서 작은 사기그릇에 담겨 더 이상 그 애라고 부를 수 없어지기도 전에, 바로 다음 날에,

추모의 겨를 없이 내가 모든 관심의 중심이 됐어.

진짜였던 첫 번째 유성은 한 번도 죽은 사람으로 받아들여지지 않아서, 내가 살아 있는 비석이 되는 동안 걔는 부모님으로부터 제대로 추모받지 못하고 떠났어. 아이러니한 일이지. 나는 걔를 내내 미워했는데.

내가 진짜 살아 있는 사람이 아니란 걸 자각하게 되면 많은 것들이 설명되고 많은 질문이 새로 생겨. 나는 왜 노래를 좋아할까. 어린 시절에 노래를 좋아하던 생전의 유성이 있으니까. 나는 왜 이 친구와 놀까. 생전의 유성이 네 살 때 걔와 같은 어린이집을 다닌 기억이 있으니까.

어떤 게 나일까? 내가 유성이 되기 위해서 물려받은 것들 말고 내게 있기는 할까? 이런 질문을 내내 품고 있다 가족에게 토해내니 가족이 내게 한 말은 내가 고장 난 거래. 안드로이드가 본인을 본인으로 느끼지 못하는 건 고쳐야 할 오류이고 나는 폐기되었어야 해. 세상은 내 감정대로 살 순 없어. 알아. 그런데 그러한 감정을 느꼈다는 사실조차 부정되는 건, 원래 자식이란 그런 걸까, 아니면 내가 반쪽짜리

인간이어서 그런 걸까?

이제 와 솔직히 말하면 나에게 이런 말을 몰래 숨어서 하는 게 아니라 거리에 대고 외칠 용기가 있었다면 나는 많은 다른 고장 난 안드로이드처럼 고쳐져서 왔을 거야. 나를 의심하지 않고 살도록. 새로운 종류의 유성이, 자신을 진정 유성으로 느끼는 존재가 여기에 대신 있었겠지.

그런 모습을 부모님이 너무 원하기에 더 이상 질문하지 않고 살아왔는데. 부모님이 돌아가셨을 때 그다음부터는 어떻게 해야 하는지 아무도 알려주지 않았어. 나는 누군가를 재현하기 위한 필요로 만들어진 존재인데, 그 죽은 사람이 재현되어서 뛰어다니고, 걸어 다니고, 성장하고, 가지지 못할 미래를 누리는 것을 원했던 사람들이 죽으면 그다음에 나는 누구의 필요에 의해 살아야 하고 어떻게 되는 거니.

한때 나 혼자 살아보려고 애썼어. 그거 어려운 거더라. 음악을 놓고 사무실에 들어가야 할 정도로. 그래도 좋았어. 누구 '때문에' 만들어진 건지 잊고 그냥 내가 무엇을 좋아하는지, 누구와 있을 때 행복해지는지, 어떤 사람이 되고 싶은지만 생각할 수 있었어.

그런데 나는 살아 있는 사람이 아니야. 그래서 주제넘게 그런 걸 바라면 안 된대.

나는 사람이 될 수 없고, 사람의 소유물만 될 수 있어.

나는 내 신탁에 얼마나 있는지 영원히 알 수 없지만 내 생명 유지권리를 가져간 나를 '보호하는' 기업은 내 신탁 자금을 열어보고 내 신탁 예산에 맞는 신체 부품을 수리하거나 업그레이드하는 날짜를 지정해. 내가 아니라 그들이 내 신체에 대한 보호자이기 때문에.

나는 아이를 입양할 수 없고, 낳을 수 없고, 기를 수 없고, 누군가의 형제자매나 자식이 다시 될 수도 없지. 사랑하는 사람과 결혼할 수도 없어. 소유될 수는 있겠지. 내가 하기로 부모님이 정해주었던 것들. 무엇을 사고, 소비하고, 영화와 전시와 발레와 공연을 감상하고, 식사를 하고 노을을 보는 게 내가 할 수 있는 거야. 서광의 부자유에 바다가 좌절한 것만큼, 나는 매우 비싼 신체라 대부분의 것들을 감각할 수 있지만 세계에 영향을 미쳐 내가 감각한 바를 되돌려줄 순 없지. 그 허락을 해줄 모든 권한은 이미 부모님이 죽었을 때 소멸해버렸다고.

어떤 절망적인 미래에선 자본이 허락하는 한 태양이 붉게 부풀어 오르는 세상의 마지막까지 내가 존속할지도 몰라. 내 신탁에 있는 모든 돈을 남김없이 다 가져가기 위해서 내 신체를 만드는 회사는 나를 아주 오래 살려 두어야 하니까. 그런 상상에 폐가 납작하게 쪼그라들고 숨이 안 쉬어지는 날이 있어. 난 숨이 막힌다고 죽을 수 없는데. 그 생각이 뒤이어 들면 숨이 턱 막히는 와중에도 헛웃음을 켁켁 내뱉지. 어이가 없어서, 낭패감에, 열패감에. 그래서 모든 걸 끝내고 싶었어.

난 여전히 죽을 거야. 미안해. 얘들아. 그 모든 노력에도.

하지만 슬퍼하지 않았으면 좋겠어. 숨기지 않을 테니 화내지 않았으면 좋겠어.

나는 제대로 살지 못해서 제대로 죽을 수 없었던 거야.

세상이 나를 사람이라고 해주면 나는 기기의 수명이 다했을 때 연장하지 않기로 완전한 죽음을 결정할 수 있어. 그 모순을 알았을 때 어땠는지 아니?

나는 나로 온전히 살아야 내가 온전히 죽을 수 있다니.

어리석은 소리지만 죽기 위해서 권리를 찾기로 했어. 솔직히 말하자면 안드로이드가 법인권이 존재한다고 주장하려면 어디서부터 시작해야 할지 감도 안 잡혀. 시스템은 거대하고 견고한데 내 두 손은 무르고 나약해서 겁이 나. 하지만 내게 많은 건 시간이지. 세상이 너무 느리게 변하더라도 내가 세상이 변하는 속도보다 오래 살 수밖에 없다면, 죽을 수 없다면 결국엔 내가 이길지도 몰라.

그러면서 오랫동안 너희 곁에 있을게. 한 번에 떠나는 게 아니라 아주 천천히 우리 스스로도 눈치채지 못하게 천천히 여행을 떠나는 거야. 지금의 이 매끄러운 실리콘 몸체가 수명을 다할 때쯤 말이야. 그게 노화라고 부르는 거겠지.

그러면서 여전히 울기도 하고 웃기도 할 거야. 혜화역 버스정류장 앞에서 구운 가래떡을 파는 할머니가 쪼그려 앉아서 '다섯 개에 천원.'이라고 지나가는 사람들에게 자꾸 말하면 내가 지나치지 못하고 결국 하나 사는 거 기억나니. 안 산 사람에게는 그런 말 안 하시면서 할머니가 하나 산 나에게는 '하나 더 사가.'라고 자꾸 말씀하셨지. 우물쭈물하면서 '제가 혼자라서…' 이러고 결국 품에 떡을 가득 안고 너희들 나눠주면 너희도 웃고 나도 웃었는데. 여전히 그렇게 작은 거로 웃고 울면서 살겠다고 약속할게.

나를 너무 미워하지 않을 거라고 약속해. 첫 번째 유성이 남겨준 짧은 기억들을 증오하고 묻어두고 분리하려고 하지 않겠다고. 외할머니 때문에 내가 우산을 잘 접어 다닌다는 걸 나도 자랑스럽게 여기겠다고. 그리워하겠다고. 내가 거리에서 구운 가래떡 파는 할머니에게 약해지는 까닭이 내가 사랑하는 양순자 씨가 기억 속에 있어서 임을 마침내 인정하겠다고.

제5의 유성이라고 불러도, 그냥 유성이라고 불러도 이, 삼, 사 지나간 유성의 이름으로 불러도 좋아.

이 이야기의 마지막 유성이 되겠다고 약속할게.

〈끝〉

작가의 말

혜화동에 살고 있을 때였습니다. 퇴근하고 장을 본 터라 두 손 가득 장바구니를 들고 등에 백팩을 매고 자라처럼 납작 엎드려 걸었습니다. 굽은 언덕을 오르면 인적은 금방 자취를 감춥니다. 땅거미가 질 무렵 가로등이 훅 켜졌습니다. 어둠속에는 내 그림자도 존재하지 않습니다. 그러다 발 밑에 드리워진 그림자가 선명해지면 광원을 올려다보기 마련인데, 그때서야 이마 위로 첫 눈이 앉은 걸 알았습니다. 푸른 어둠 속, 가로등의 주홍 불빛을 받아서 희게 빛나는 것들. 나풀나풀 유영하는 눈송이들이 아

163

스팔트 위에서 한 번도 존재하지 않았던 것처럼 녹아 사라지는 광경. 문득 엄마에게 전화가 걸고 싶었습니다. 제주에도 눈이 왔냐고. 하지만 두 팔에는 손가락이 빨개지도록 무거운 장바구니가 있었고, 가파른 언덕에는 그 무엇도 내려놓을 수 없었습니다.

그날 생각을 하며 이 글을 시작했습니다. 오롯이 혼자 감당해야 하는 삶의 순간이 있습니다. 그런 순간은 입밖으로 내기 전까지는 세상에 한 번도 존재하지 않았던 일인 것만 같습니다.

하지만 세상에 꺼내놓으니 마냥 그렇지는 않았습니다. 텅 빈 거리에서 해가 지기 전에 켜진 첫 번째 가로등의 무용함에 대해서 표현할 단어가 필요하다고 한 어떤 작가가 있는데, 나만이 그 순간을 처음 느꼈을 리 없습니다. AI 연애 챗봇과 다양한 데이트 앱이 있는데 롤리가 처음일 수가 없습니다. 소설(小雪)이란 절기를 처음 이름 붙였던 이는 한 해의 첫 눈을 홀로 세웠을 것입니다.

이런저런 SF와 과학 다큐멘터리를 보니 저는 세상에 이미 존재하는 모든 아이디어의 조각 모음에 불과한 것 같습니다. 그러나 생각을 고르고 다듬는 과정에서 하고 싶은 이야기가 전달되었다면 충분히 기쁩니다. 그 와중에 남을 해치지 않는 글이 되었으면 좋겠습니다.

오랜만에 글 쓸 기회를 주고 다듬어준 아작에 감사 인사드립니다.

사랑하는 나의 할머니 오춘자와 신순범 씨, 그리고 나의 친구들에게 바칩니다.

그리고 마지막 유성이 친구들과 행복하기를 바랍니다.

강현

dot.18
마지막 유성

초판 1쇄 발행 2024년 10월 20일

지은이 강현
펴낸이 박은주
디자인 김선예, 이수정
마케팅 박동준

발행처 (주)아작
등록 2015년 9월 9일 (제2023-000057호)
주소 07236 서울특별시 영등포구 의사당대로 38 102동 1309호
전화 02.324.3945-6 **팩스** 02.324.3947
이메일 arzaklivres@gmail.com
홈페이지 www.arzak.co.kr

ISBN 979-11-6668-818-8 04810
979-11-6668-800-3 04810 (세트)